万能鑑定士Qの事件簿 I

松岡圭祐

角川文庫 16238

目次

ガードレール

世の中には剝《は》がしてはいけないシールがある。

たとえば、百円ライターについている小さなシール。つい親指の爪先でひっかいて剝がしてしまいたくなるが、好ましいことではない。万が一、ライターが破裂し怪我した場合、シールがなければ補償が受けられない。あれは対人賠償責任保険の証明書だからだ。

一方で世間には、どうあっても剝がすべきシールというのもある。

不法に貼られたシールやステッカー、チラシの類《たぐ》い。放置はできない。ゆえに行政には、それを剝がしてまわる仕事が存在する。

妻子持ちの四十歳、抗田《こうだ》栄一郎《えいいちろう》も、そのひとりだった。

正式な肩書は、新宿区役所の資源清掃対策室、新宿清掃事務所剝離《はくり》作業係。仲間うちでは剝がし屋と呼ばれている。

午前九時、東京メトロ飯田橋《いいだばし》駅の出口前。抗田は軽バンを歩道に寄せて停めた。路上は渋滞気味、歩道は通勤を急ぐサラリーマンやＯＬで溢《あふ》れている。

抗田はドアを開けて車外にでた。やわらかい春の陽射しが降り注いでいた。

花粉症には厄介な季節だが、どうせマスクは欠かせない作業だ。都心の濁った朝の空気を、フィルターもなしに腹いっぱい吸いこもうなどと思ってはいない。

車体側面のドアをスライドさせて、ベンジンの入った缶と工具箱、タオルを取りだし、折りたたみ式の脚立を脇に抱える。歩道から路地に入った。

不況のせいか閉じたシャッターの目立つ商店街だった。

錆《さ》びつき薄汚れた店先の鎧戸《よろいど》に、名刺よりひとまわり大きなサイズのシールが貼られている。一枚や二枚ではない。何百、いや何千枚あるだろう。隙間なくびっしりと貼られた同一のシールによって、シャッターが埋め尽くされている。

「やれやれ」抗田は作業帽の鍔《つば》をずらして軒先を見あげ、思わずため息まじりにつぶやいた。「また貼りまくったもんだな。新記録か」

すべてのシール一枚につきひとつずつ、相撲の力士のような顔が描かれている。

図柄は浮世絵のような純和風に見え、白いシールに墨一色で描かれていた。髪はべた塗りで七三に分けられている。顔は無表情。目は開いておらず眉《まゆ》の下に横線が引かれているだけだ。口は固く結ばれている。ひげを生やしているものもあれば、そうでないものもある。共通しているのはたっぷりと脂肪をたくわえたようすの二重あご。これもシールによって描き方に違いがある。

愛嬌《あいきょう》があるともいえず、どこか薄気味悪くて、印象だけは絶大。通称、力士シール。

力士というのは、マスコミによる便宜上のネーミングにすぎない。実際のところ、相撲取りを描いたものかどうかさえ、さだかではない。客観的にみれば、たんなる肥満体の中年男の顔だ。

文字はいっさい入っていないが、比較的健康そうに見える顔から明らかに老けて見える顔、力士というよりは怪しい宗教の教祖とでも呼ぶべき顔など、さまざまなバージョンが存在する。この商店街のシールもやはり、多様なパターンが混在していた。

何年か前に銀座で確認されたのが始まりだったといわれる。中央区から台東《たいとう》区、江東《こうとう》区に広がり、そこから墨田《すみだ》区、文京区、千代田区、港区ときて、ここ一年は渋谷《しぶや》区と新宿区で増殖。大通りから一本入った脇道でよく発見される。貼られる場所はガードレールや電柱、公衆電話など公共物。それらが埋まると、このように商店のシャッターや外壁を侵食しはじめる。

抗田は視線を落とした。狭い路地、二トン車の乗りいれが許されない一方通行。歩行者の往来できる空間を確保するため、片側だけガードレールが設けてある。そのガードレールも、力士シールで覆い尽くされていた。

なるべく交換は避けろと上からはいわれているが、やむをえないだろう。脚立と缶を下ろし、工具箱を開けて六角レンチを取りだす。袖付《そでつけ》波板は取り外して回収、支柱のみシール剝がし。なんとか一日で終えられる作業量だ。

外した波板は路面に寝かせていき、区役所に携帯電話で新しい波板を発注する。午後には届くといっていた。それまでに支柱をきれいにせねばならない。

支柱にベンジンをたっぷりとかける。どんな糊《のり》を使っているか知らないが、力士シールは剝がしにくい。悪質不動産屋のチラシより、ずっと頑固にこびりつく。

それにしても、いったい誰が何の目的で貼っているのだろうか。

シールが貼られる時間帯はたぶん深夜から早朝にかけてだろうが、銀座や渋谷の防犯カメラに犯人が映っていたという話は聞かない。マスコミの飛ばすガセを真に受けるつもりはないが、カルト教団や犯罪者集団の暗号ということはないだろうか。

そういう連中にとって力士シールを貼りだすことが必要不可欠ならば、シールを剝がしてまわる俺は忌々しい存在となる。この路地の人通りも途絶えがちだ。人目につかない一瞬を狙って背後から襲ってくる、まさかそんな馬鹿なことが……。

ふと不安に駆られて、ちらと後ろを振り返った。

その瞬間、抗田は心臓をひとつかみされたかのような驚きを感じてのけぞった。真後ろに人が立っていたからだった。

スーツ姿、痩《や》せた長身の若者だった。

髪は今風に長くしていて、わずかに褐色に染まっている。細面で鼻が高く、下あごは女のように小さいが、れっきとした男だった。涼しい目がぼんやりとこちらを見下ろしている。パンクファッションに着替えれば、ロックバンドのボーカルが務まりそうなルックスだった。

だが、二十代半ばぐらいのその男は、いまひとつ似合わないそのスーツ姿と同様、どこかしまりのない声の響きでいった。「あのう。区役所のかたですか」

「あ……ああ」抗田は、びくついた自分を取りつくろいながらうなずいてみせた。「なにか？」

「いえ」男は微笑を浮かべた。「力士シールについてお話をうかがえれば、と思いまして」

「話？　あんた誰？」

「申し遅れました」男は名刺を取りだした。「週刊角川、小笠原《おがさわら》と申します」

抗田は面食らいながら名刺を受け取った。千代田区富士見2―13―3、角川書店。『週刊角川』編集部、小笠原悠斗《ゆうと》とある。

雑誌記者か。驚かせやがって。抗田は苦い顔を浮かべてみせた。「なんの用だい」

「拝見しましたところ、力士シールを剥がしておられるようですが」

「ああ。仕事だからな」

「いったい何でしょうね、このシール。貼った人物に心当たりは?」

「あるかよ、そんなもの」時間の無駄だ。抗田はタオルを手に支柱に向き直った。「力士シールに限らず、違法に貼られたものは片っぱしから剥がす。それだけなんだよ、俺の仕事はな」

ふうん。小笠原という名の若手雑誌記者は、とぼけた表情でシャッターを眺めた。「こちらのお店のシールは?　剥がさないんですか」

「個人商店の軒先は区役所の管轄じゃねえんだ」じれったくなって抗田は立ちあがった。「なあ。俺は新宿区長の命令で働いてる。あんたらマスコミがこのおかしなシールをネタにしてることは知ってるが、見てのとおり俺はヘラを片手に汗だくになってる。お好み焼屋じゃねえのは見てわかるな?　シールを剥がすのが俺の仕事。広報じゃねえんだし、記者さんへの質疑応答は仰せつかっていねえ。以上だ。じゃ、作業に戻らせてもらう」

しゃがみこんで支柱にヘラをあてがう。ベンジンの染みこんだシールは、こすっただけで剝がれるものではない。ヘラの先で数ミリずつ削り取っていく。一片たりとも残してはならない。彫刻の平彫りに似ていた。

小笠原は立ち去らず、困惑したようすでたたずんでいた。

見た目はハンサムで利口そうにみえても、小笠原は空気を読むのが苦手らしかった。なおもおずおずとした物言いで告げてくる。「剥《は》がしたシールを一枚だけでもいただくわけにはまいりませんか？　取材の一環でして」

「見てわからねえかよ？　裏にべっとりと糊をつけたシールってのは、三日貼りっぱなしの背中のサロンパスみたいには簡単に剥がれねえんだ。ぼろぼろになっちまって原形は留《とど》めねえ」

「そういわれましても……。持ち帰って鑑定すれば記事に膨らみを与えられるんですよ。どんな絵描きが描いたとか、紙はどこの物だとか……。なんとかなりませんか」

「ならねえ。そんなのはあんたの事情だろうが。鑑定したいんなら、どこでも街角に貼ってあるのを好きなだけ眺めりゃいいだろ」

「そうしたいのは山々ですけど、鑑定士はみんなサンプルを持ってきてくれの一点張りで」

こうと決めたら引きさがらない性格のようだ。いや、たんに引き際を心得ていないだけか。

いつまでも遊んでいるわけにはいかない。抗田は投げやりにいった。「それ持ってけよ。外したガードレールの波板。数十枚のシールがいっぺんに手に入るだろ」

「え?」小笠原は目を丸くした。「いいんですか? でも区の所有物じゃ……」

「もちろんそうだ。だがな、こいつは平成に入って法改正される前の規格で作られてる。回収してもリサイクルされずに処分される運命だ。ちょっとのあいだ、一枚ぐらい拝借してもバチは当たらん」

「けど……それって窃盗に当たると思うんですけど」

「誰がくれてやるって言ったよ。きょうは金曜だし、これらの波板が廃品業者に回収されるのは月曜だ。それまで貸してやるってことだ」

「失礼ですけどそれは、あなたの一存で決められることでは……」

「ああもう。じれってえな。そんなに俺を悪者にしたいか。自分から誘ったくせによ。この意味わかるか?」

「わからないでもないですが……。いえ、単にご迷惑をかけるのではないかと……」

「心配すんな。波板のひとつやふたつ、ちょっと貸したぐらいで問題になったりはしねえって。それともなにか、いらねえのか」

「いえ。そういうわけでは」小笠原はまだ迷っているようすだったが、やがて意を決したように、地面に横たわった波板に手を伸ばした。「拝借します」

「おう。鑑定とやらが済んだら、区役所の資源清掃対策室の窓口で抗田を呼びだしてくれや」

「わかりました。どうもありがとうございます」

小笠原は波板を持ちあげようとしたが、長さ二メートル強、かなりの重さを誇る鉄板はひと筋縄ではいかないらしい。歯を食いしばってようやく片側の端を浮かせると、そのまもう一方の端をアスファルトの上にひきずりながら歩きだした。

けたたましい音を響かせながら、小笠原は波板とともに遠ざかっていく。失礼しました、もういちど頭をさげて、小笠原は表通りに姿を消していった。

抗田は帽子をとって髪を撫《な》でつけながら、深くため息をついた。あの馬鹿、千代田区富士見までガードレールの板をひきずっていくつもりか。

ゲリラ・アート

角川書店本社は飯田橋駅から徒歩五分、日本歯科大の手前の住宅街にある。

大通りに面してはいない。マンションの谷間を縫うように走る細い路地、急な坂道を上った左が本社ビル、右が第二本社ビルだ。ベージュいろのタイルに包まれた瀟洒《しょうしゃ》なつくりの社屋は、一階の外壁がグレーの大理石で飾られている。本社ビルのエントランスは車寄せのスロープを昇った先、ガラス張りのロビーのなかにあった。

まだ冬の冷たさを残す四月の風も、小笠原悠斗の汗を乾かすには至らなかった。徒歩五分の道を十五分かけて、心臓破りともいえる坂を上りきり、やっとのことでロビーに足を踏みいれたとたん、警備員が飛んできて注意した。ひきずらないでください。床に傷がつきます。

台車を借りて、ガードレールの波板を載せ、エレベーターに乗りこむ。同乗の社員に迷惑がられながら七階へ。ようやく『週刊角川』編集部の扉をくぐった。

社内でも一、二を争う広さを誇るフロアは、いつものように締め切り前の喧騒《けんそう》に包まれていた。デスクに堆《うずたか》く積みあがった資料の山は、いずれも崩れ落ちないのが不思議なぐらい絶妙なバランスを保ち存続している。そんなデスクが十卓でひとつの島を形成、二十の島でひとつのフロアとなりえている。

編集者は島のあいだを忙しく行き来するか、受話器片手に声を張りあげているか、突っ伏して居眠りにふけるかのいずれかだった。規則ではデスクで休息をとることは禁じられているが、週刊誌の編集部ではそんな約束事は反古《ほご》となるのが常だった。ハードな職場には、それ相応の新たな慣習が生まれる。

ただし、そうした慣習は、大勢の人間がルールを曲げることによっていつしか現場に馴《な》染《じ》みだすものだ。突拍子もない行為が常に受けいれられるわけではない。

小笠原は二メートルもある波板を縦にして抱えながら、編集部の人ごみをかき分けて自分のデスクに急いだ。冷やかな周囲の視線。自分が問題児扱いされていることを痛感する。

ぶらさがった照明を避けようとして、小笠原は波板を横に寝かせようとした。とたんに、周囲のデスクに積みあがった資料の山をなぎ倒してしまった。驚嘆の声と怒号、そして罵《ば》声《せい》の渦が広がっていく。

「すみません」小笠原は困り果てて、頭をさげまくった。「どうもすみません、あのう、あとで片づけを手伝いますんで……」

おじぎをしたと同時に、抱えた波板も斜めになる。がつんと手ごたえを感じ、しまったと思ったときはもう遅かった。かろうじて被害をまぬがれていた隣りの島のデスクまでも、資料の山が崩壊の憂き目にあっていた。

「ああ」小笠原はおろおろといった。「申し訳ありません……」

跳ね起きるように立ちあがった先輩記者が大声で怒鳴った。「いいから、頭なんかさげるな。早く持っていけ。遠ざかれ、地平線の彼方《かなた》まで」

「はあ……そうします」

まだざわめく人垣のなかを、うなだれながら社会部の島へと辿《たど》り着く。自分のデスクの背後にあるロッカーに、波板を立てかけた。

隣りのデスクについていた同期の宮牧拓海《みやまきたくみ》が、ぎょろりと黒目を剝《む》いていった。「おい。なんだよこれ。こんなところに置くな」

だが、疲れきっていた小笠原は、同僚の苦言に耳を貸す気にはなれなかった。椅子に腰かけて、天井を仰ぐ。「しばらくの辛抱だよ。ここしか置き場所がないんだ」

宮牧は、整った顔だちに唯一不釣り合いなぎょろ目で、小笠原と波板をかわるがわる見た。「これガードレールじゃねえのか?」

「そうみたいだな」

「んなもの編集部に持ちこむなよ。下の駐車場にでも置けよ」

「持っていったんだけどさ、警備員のおじさんに断られた。倒れて会長のキャデラックを直撃したらどうするって」

「よくここまで持ってこれたな。靖国神社《やすくに》がすぐそこにあるせいで、警官だらけだろ」

「四回職質を受けたよ。でも逆に力士シールについて質問攻めにしたら、うんざり顔で解放してくれた」

「おめえ、頼りないようで度胸がすわってるな」

そのとき、喧騒を破って野太い声が耳に飛びこんできた。「小笠原！」

やや喉《のど》にからんだ声。編集長だと瞬時に気づいた。

小笠原はあわてて立ちあがり、また倒れかけた波板を間一髪押さえこんで、ふたつ向こうの島に向けて駆けだした。

熱帯魚の水槽の前、次長クラスがデスクをつきあわせるその島の奥に、ひとつだけ木目張りのエグゼクティヴ仕様のデスクがある。

黒革張りの肘掛《ひじかけ》椅子に身をうずめた、細身ながら目つきのすわった白髪頭の男。それが編集長の荻野《おぎの》甲陽《こうよう》だった。

駆け寄ってみると、荻野はこちらに後頭部を向けて怒鳴った。「おい！　もうちょっと遠慮しろ。間仕切りはもっと後退させろ」

きょうの編集部の混沌《こんとん》とした空気は、業務の忙しさのせいばかりではないようだ。窓ぎわの島がひとつ消え失《う》せている。空いたスペースは、パーティションによって区切られようとしていた。

パーティションの向こうから顔をだしたのは若い社員だった。アニメキャラ、涼宮《すずみや》ハルヒの等身大パネルを脇に抱えている。「窓から七メートルまではうちの編集基地局です。エヴァンゲリオンの銅像もここに置かせてもらいますよ」

「やめろ」荻野は吐き捨てた。「子供の遊び場じゃないんだぞ」

「異議がありましたら社長に……」

「もういい、わかった。パーティションのこっちの面にはポスターとか貼るなよ」

苦い顔をして振りかえった荻野に、小笠原はきいた。「どうしたんですか？」

荻野は忌々しげにつぶやいた。「売り上げ部数減少に伴い経費削減、十人がほかの編集部に鞍替《くらが》えになった。フロアも『少年エース』に奪取されつつある」

「社を支える看板雑誌ですから、仕方がないですね」

「馬鹿をいえ。『週刊角川』には思想がある。報道の使命もだ。ジャーナリズムこそがこの会社の真の礎になっている。不況のせいで経営陣の目も曇りがちになっている昨今、うちこそがその目を覚まさせてやらねばならん」

「……そうですね。そうに違いありません」

「小笠原」荻野はボールペンの先を小笠原の胸に突きつけてきた。「力士シールの取材は？　進んでいるんだろうな？」

「ええ、あのう、サンプルは入手しました」

「なら早く専門の鑑定家の意見を聞け。いっとくが、これまで力士シールの特集を組んだテレビ番組の後追い記事なんかでっちあげたら許さんからな。『フライデー』にも後《おく》れをとるな」

「フライデー？」

「力士シールについての特集を組んでいるみたいだ。きょう発売のはずだが、まだ書店に並んでいない。ぎりぎり間にあうかどうかのニュースを入稿しようとして、印刷を遅らせることは稀《まれ》にあるからな。昼までには配本されるだろう。たぶんたいした情報は載っていないだろうから、おまえは驚愕《きょうがく》の事実をすっぱ抜け」

「驚愕の事実？　何ですか？」

「それを探りだすのがおまえの仕事だろうが。行け。なんでもいいから部数につながる新事実をつかんでこい。記事に穴をあけるようなことがあったら『月刊俳句』か『毎日が発見』に飛ばすからな」

「……『毎日が発見』にしてください」

荻野はいっそう渋い顔になった。『月刊短歌』も空きがあってきいたな」

「鑑定家への取材にでます。ただちに」

小笠原は荻野に一礼し、自分のデスクへと駆け戻っていった。

報道の使命、ジャーナリズムといっておきながら、結局は部数か。やむをえないことではある。雑誌が廃刊になったら、どんな部署に配置換えされてしまうかわかったものではない。悪くすれば雑誌づくりに関われない可能性もある。

デスクにおさまろうとしたとき、同僚の宮牧が椅子を回して、背後にあるガードレールの波板をしげしげと眺めた。「力士シールか。ただの悪戯《いたずら》じゃねえのか」

「かもな」小笠原は椅子に腰かけ、パソコンを起動させた。「ニューヨークなんかでよく見られる、グラフィティの一種って説もある」

「グラフィティ？」

「落書きのことだよ。昔のソーホー地区とか有名だったろ？　描き手は現代アートだって主張してるけど、市としちゃ犯罪に変わりないって見解だ」

「あれか？　シャッターとかレンガ壁にスプレーで描くやつ……」

「そうとも限らないんだ。ドイツでは何年か前から、ステッカーを使ったゲリラ・アートが流行《はや》ってる。力士シールもその流れを汲《く》んでるのかもな」

「結論がそんなところに落ち着いたら、たいして面白い記事にはならねえな」

たしかにそうだ。けれども、事実がそうであれば仕方がない。編集長がどういおうと、真実を捻じ曲げてまでケレンに満ちた記事を書こうとは思わない。なんにせよ、いまは謎に満ちたこの力士シールについて、より詳しい情報を得ることが先決だ。

事前に集めておいた鑑定士一覧のファイルを開く。

とそのとき、宮牧がいった。「ああ、そうそう。おまえがあてにしてた絵画の鑑定士、なんていったっけ。永井《ながい》さんだっけ？　忙しいからって断りの電話が入ったぞ」

小笠原は面食らった。「そんな。サンプルさえ持ちこめば鑑定するって約束だったのに」

「それとな、安河内《やすこうち》って人に中島《なかじま》って人、阿藤《あとう》って鑑定士さんも辞退するって連絡してきた」

……なんてことだ。小笠原はパソコンのモニターに映った名簿を見つめて絶句した。頼りになりそうな鑑定士は全員、拒絶の意思をあらわにしている。

ニュース性のある事象の鑑定は、名のある鑑定家に断られることが多い。万が一間違った判断を下して、それが記事になってしまった場合、世間の非難の矢面に立つ可能性があるからだ。

弱った。小笠原はブラウザを立ちあげて、検索窓に打ちこんだ。鑑定士。それも、記事の締め切りはきょうだ。予約なしでもすぐに応じてくれる人でなければ。遠方に出張している暇もない。この近辺に住んでいる鑑定士なら、なおのことありがたい。

無理を承知で、検索ワードを追加する。即日鑑定、飯田橋近辺。

検索結果が表示された。ほとんどの項目は、検索ワードを含んでおきながら意味をなさないものばかりだ。マンション投資に不動産鑑定士を派遣します、飯田橋近辺出張可能……。

ところがそんななかに、ふと気をひく表示があった。

小笠原はその項目を読みあげた。「万能鑑定士Q……?」

キャンバス

午前十時をまわった。神楽坂下の駅の出口から、ぞろぞろと吐きだされてくる人波がある。千鳥ヶ淵《ふち》の桜目当てにやってきた見物客の群れだった。

美しいものをまのあたりにできるという期待感に顔を輝かせた老若男女の流れにさからって、小笠原悠斗は会社の総務部に借りたリヤカーを引いていた。

ガードレールの波板もリヤカーに載せていれば不自然ではないのか、職質の声はかからない。だが、それも時間の問題と思われた。もう三度も同じ道を通っている。公共物を運びながらうろつく不審者とでも通報されたら、即座にパトカーが飛んでくるだろう。

穏やかな春の日だというのに汗がにじむ。小笠原は立ちどまってメモ用紙を眺めた。新宿区神楽坂西4―3―12。近くの電柱の表示は2―6だった。こちらではないとすると、九段方面か。

牛込《うしごめ》橋の飯田橋駅改札前で引き返す。じろじろと見つめてくる人々の視線を感じながら、運河のようなお濠《ほり》に沿って歩いた。桜並木から舞い落ちる花びらのなか、リヤカーを引きつづける。

何をやっているのだろうか、俺は。これではまるで大正時代の人力車の車夫だ。

やがて、お濠沿いの電柱の住所表示が西4となった。商店街、雑居ビル一階のテナントに、目標の看板がでていた。

万能鑑定士Q。アクリルにステンレス板を嵌《は》めこんだ、しゃれた字体の看板だった。いかにも職人かたぎの事務所らしい木製の引き戸を想像していた小笠原にとっては、意外に思えるエントランスの風景だった。正面はガラス張り、入り口は自動ドアで、規模は小さくともカフェか美容室のようだ。

ただし店先には、その店構えとは対照的に、武骨ともいえる黒塗りのセダンが横付けされていた。エンジンは停まっていて、車内にも人はいない。もし店のオーナーのクルマだったら、そのアンバランスなセンスを疑うところだ。

クルマの後ろに、リヤカーをぴたりとつけた。縦列駐車だ、咎《とが》められることはないだろう。

荷台の波板を持ちあげて抱えながら、自動ドアに近づく。ドアは音もなく開いた。戸口の上端に波板をぶつけないよう、傾けながら慎重にくぐっていく。

狭いがシンプルモダンでまとめられた、スタイリッシュな内装だった。艶《つや》消しのアルミとガラスを使った、無機質でシャープな印象の家具で統一してある。わずかに青みがかった透明なデスクに黒革張りの椅子、客用のソファが数脚。趣味のいい小物を飾ったキャビネット。店内を構成するものはそれだけだった。

ソファにはひとりの男が腰かけていた。眼鏡をかけ、髪を七三にわけたスーツ姿の男。年齢は四十すぎ、大手町あたりを闊歩《かっぽ》していそうな典型的ビジネスマンのスタイルだった。

男は顔をあげて小笠原をちらと見やると、それからガードレールの波板を眺めた。眉間《みけん》に皺《しわ》を寄せたが、すぐに手もとの雑誌に目を戻した。

彼の脇には、ビロード生地と紐《ひも》で梱包《こんぽう》された板状のものがあった。大きさは駅で見かける広告ポスターのサイズだ。おそらく絵画のキャンバスだろうと小笠原は思った。

してみると、この男も鑑定依頼の品を持ちこんでいるのだろう。外に停まっているセダンは、彼が運転してきたに違いない。

さて。この室内のインテリアに不釣り合いな、薄汚いガードレールの波板をどこに立てかけようか。

迷っていると、どこからか物音がした。

奥の扉が開いて、人影がでてきた。先客の男が、さっと立ちあがる。

小笠原もそれにならい、かしこまって振り返った。

女の低い声がぼそぼそと告げた。お待たせしました。

その響きは、決して自信なさげなか細い声というわけではなかった。ベテランの鑑定士が静寂のなかで交わす挨拶《あいさつ》というのは、むしろこんなそっけなさを伴うものに違いない。

小笠原が驚いたのは、声を発した人物の外見とのギャップだった。

年齢はおそらく小笠原よりも下。二十三か四ぐらいだろう。ほっそりと痩《や》せた身体、腕も脚も長く、頭部は小さくてモデルのようなプロポーションの持ち主だった。パープルのドルマンニットにティアードスカート、ブーツといういでたちは、ビジネスシーンには派手すぎるように感じられるが、彼女の場合はふしぎと自然な装いに見え、紫系の服がぴったりのコーディネートだと思わせる。

ゆるいウェーブのロングヘアに縁取られた小顔には、猫のように大きくつぶらな瞳《ひとみ》と高い鼻、薄い唇がそつなくおさまっていた。つい先日まで女子大生だった、という年齢相応の若さや瑞々《みずみず》しさは備えていても、可愛いというより綺麗《きれい》という形容が当てはまる美人顔で、総じてクールで個性的だった。とにかく眼力《めぢから》の強烈な女性に思えた。猫そのものと向き合っているようだ。

しかし、一瞬だけ放たれた圧倒的な存在感は、すぐに冷静で客観的な観察にとってかわっていった。先客の男の落ち着きぐあいが影響したのかもしれない。よくよく見てみれば、若い女性店員、もしくは秘書が応対にでてきたにすぎなかった。

女はその冷めた空気を察したかのように、みずからも皮肉っぽい微笑を浮かべた。ややひきつったようなぎこちない笑み。少女のようなあからさまな破顔ではない、大人びた表情だった。

男の客が咳《せき》ばらいした。「さきほど電話を差しあげた芦山《あしやま》です。絵画、それも洋画専門の鑑定士の先生をお願いしたい」

しばし沈黙があった。女は、黒目がちな瞳でじっと客を見返したまま、ひとことだけ応じた。「はい」

室内はしんと静まりかえった。女は立ちつくしたままだった。扉の奥にひっこんだり、事務手続きを始めたりする素振りも見せない。

芦山と名乗った男は、じれったそうな声をあげた。「鑑定士の先生は？　万能鑑定士と看板を掲げているからには、多種多様な専門の鑑定士が在籍しているんだろ？」

小笠原もそう思っていた。万能鑑定士Qという謎めいた商号、きっと複数の鑑定士の寄り合い所帯に違いない。ここならあらゆる鑑定が一度に済ませられるかもしれない、そんな期待もあった。

ところが女は、どこか自嘲《じちょう》気味に思えるひきつった笑みとともにつぶやいた。「いえ。ここはわたしひとりですけど」

また静寂があった。時間がとまったかのように、三人は身じろぎひとつしなかった。

やがて芦山は、大きな板状の荷物をすばやく抱え、踵《きびす》をかえした。「失礼した」

「ああ」女はデスクから駆けだしてきた。「待って。ちょっと待って」

いままでのクールなたたずまいとは違い、その年齢にふさわしい反応で駆けだしてきた女が、入り口の自動ドアの前に立ちふさがった。

それでもあわてたようすもなく、かといって傷ついたわけでもなさそうな、平然とした面持ちで女はいった。「わたしが見ますから」

芦山は面食らったようすで押し黙った。

小笠原も同様の気分だった。妙な展開になってきた。

さっきよりは友好的に思える笑顔で、女は名刺を二枚取りだした。まず芦山に、次いで小笠原に差しだしてくる。「はじめまして。凜田《りんだ》といいます」

名刺には、万能鑑定士Q、凜田莉子《りこ》と印刷してあった。この事務所の住所と電話番号は記載されているが、それ以外には何の肩書も説明もない。

思わず小笠原は、芦山を見やった。芦山も小笠原を無言で見かえしてきた。

士というのは本来、有資格者を表す。万能鑑定士というのは店の屋号にすぎないと思っていた。しかしここにいるのは、彼女ひとりだという。

小笠原は、凜田莉子なる女に目を向けた。莉子はまたひきつった笑みを浮かべた。吸いこまれそうになるほど大きく清らかな瞳は魅力的に違いないが、いまは美人と談笑することが目的ではない。というより、若くて綺麗な女が接客するという状況そのものが胡散臭《うさん》く、危険なことに感じられてきた。まさか二束三文の絵画や骨とう品を高値で売りつけてきたり、法外な報酬を要求したりするキャッチセールスの類《たぐ》いではないのか。

芦山も同じ気分に至ったらしく、莉子のわきをすり抜けようとした。小笠原は自動ドアに避難しようとした。

莉子は両手を広げてそれを阻んだ。気の強そうな見た目のわりには、やわらかい物腰で告げてきた。「せっかく品物をお持ちになったんですから、ぜひ拝見させてください。お時間はとらせません」

芦山は当惑顔でたたずんだ。

やがて深くため息をつくと、荷物を椅子に立てかけた。芦山は紐をほどきながら、物憂げにつぶやいた。「大急ぎで鑑定する必要に迫られたんで、ここに来たんだ。即日鑑定、万能という言葉をうのみにしたほうが馬鹿だった」

布が取り払われ、キャンバスが姿を現した。油絵だった。

十九世紀ぐらいのヨーロッパの絵画らしい。リビングの室内を描いたもので、来客の婦人と、それを迎える家族が写実的に描写されている。タッチはルノアールに近いようだ。それなりに美しい絵だということは理解できるが、専門知識のない小笠原には、細かいことはわからなかった。

莉子は身をかがめて絵をじっと見つめた。虹彩《こうさい》のいろがかすかに変わったように思える。いっそう大きく見開かれた目は、またも猫の様相を呈していた。

芦山は、莉子を困惑させたがっていたに違いない。きみには無理だろ、捨て台詞《ぜりふ》とともに立ち去ろうと心にきめていたのだろう。けれども、莉子が熱心に絵を眺めだしたせいで、あてが外れたらしい。

布を広げ、芦山はキャンバスを仕舞いこもうとした。「スペクトル・フォト・メタでも微妙とでた。といってもきみにはわからんだろうが」

ふうん、と莉子は身体を起こした。「採取した有機物質にレーザー光線をあてて反応をみたわけですか。画材もキャンバスも十九世紀当時のものと判定されたけれども、まだ疑問の余地が残っていたから鑑定家を探している。そういうことですね」

芦山は絶句した。驚きのいろが顔にひろがった。

莉子はもう絵を見てはいなかった。ぶらりとキャンバスの前を離れながらいった。「芦山さん。画商にお勤めなんでしょう？　これ、近代ヨーロッパの絵画としてほかの複数の絵画と一緒に売りこまれたけど、一方で、じつは日本人画家が最近描いたものかもしれないと疑ってるんですね。当時の画材を用いて描くことによって、スペクトル・フォト・メタの分析をパスする偽装を施したんじゃないかって」

「ど」芦山は衝撃を受けたようすだった。「どうしてそれを？　だいいち、複数の持ちこみがあったとなぜ知ってる？」

「こんな名もない画家の絵じゃ、いくら古くたってたいして値もつかないでしょう。これ一枚の鑑定結果を知るために、わざわざお金をかけてスペクトル・フォト・メタで分析しないはず。つまり、持ちこんだ業者の素性があやしく思えるので、この一枚をきっかけに尻尾《しっぽ》をつかみたいってところでしょう」

「まさしくそうだが……日本人画家の疑いがあるというのは？　どうしてわかった？」

「疑惑の通りだからです。それ、日本人が描いたものです。つい最近にね」

「なんだって!?」芦山は布を取り払い、キャンバスをにらみつけた。「根拠は？」

「ヴィクトリア朝の英国人家族が、遠路はるばるフランスからやってきた婦人を迎えている絵です。国籍の違いは身なりでわかります。ご主人が角砂糖の数を聞いていて、婦人は四つと指で答えている。でも、フランス人は四をしめすときには小指を曲げるんです。この絵は親指を曲げてます」

「たしかに……。でもそれだけかね? 四について親指を曲げるのは日本人だけじゃないはずだよ。イギリス人の画家がフランスの風習に馴染《なじ》んでいなかっただけかも」

「リビングの壁ぎわ、棚の鏡の位置が変です。その鏡は、ランプの明かりを最大限に照明に利用するための反射鏡です。でも描き手は身だしなみ用の鏡と勘違いし、低いところに描いてる。当時の資料の写真を誤って解釈したんでしょう。画家はイギリス人ではありません」

「ああ……。そうだ。そこは間違いない。けれども、だからといって日本人画家と断じるわけには……」

「テーブルの上のソーセージを見てください。斜めに切り込みが何本も入っています」

小笠原は絵を見たが、すぐにはソーセージを判別できなかった。卓上にはあらゆる食物が描きこまれている。やっとのことで、七面鳥の隣りの皿に何本かソーセージが横たわっているのを見つけたが、それらはごく小さなものだった。斜めの切り込みは確認できない。

芦山はルーペを取りだし、顔をキャンバスにくっつけんばかりにして眺めた。「たしかに……。ある! 切り込みらしき線が描かれている。こんなものまで見逃さないとは。ほら、見てください」

よほど興奮しているのか、芦山は小笠原にルーペを押しつけてきた。小笠原はルーペを目にあて、絵を観察した。

ソーセージには、うっすらと斜めの切り込みが四本ほど入っている。細部までていねいに描写されている絵だった。肉眼で鑑賞したときには気づかないようなところまで、手を抜かずに描いてある。

「でも」小笠原は顔をあげて芦山を見た。「これがなにか?」

芦山はすぐに莉子にたずねる目を向けた。

ふっと莉子は苦笑に似た笑いを浮かべた。「フランクフルトに火が通りやすいように、斜めの切り込みをいれる習わしは当時のイギリスにもありましたけど、向きが逆です。左上から右下に包丁をいれるのは、日本人のお弁当の工夫なんです。箸《はし》でつまみやすくするためのね。それもごく最近の」

芦山は目を瞠《みは》った。「じゃあこれは……」

「新古典主義からロマン主義への移行期の画風を模倣したうえで、イギリスの古典宮廷絵画の味付けを施した、日本人の手による絵ってことです。キャンバスのほうもスペクトル・スコープによる時代分析に備えて、海水に浸し、腐食させて古く見せかけてある。ウッド蛍光管での紫外線、赤外線分析でもシロとでるでしょう。要するに、悪質な偽装ってことです」

「偽装……」

しばらくのあいだ、芦山は茫然《ぼうぜん》とたたずんでいたが、その目がふいに光った。さっきまで大事に携えていたキャンバスを無造作につかみあげ、乱雑に布でくるむと、莉子に頭をさげた。「じつに参考になりました。うちの会社は、この業者から持ちこまれた絵画十点に総額数百万円を払おうとしていたところですから……。いや、ほんとに、あのう、失礼をお許しください。凜田先生。ええと、支払いは……」

「お望みなら鑑定書をお書きしますから、そのときでかまいません」

「ありがとうございます。じゃ、取り急ぎ売買契約を破棄せねばなりませんので、これで」

芦山はよほど感銘を受けたのか、莉子に何度も会釈したうえに、小笠原のほうにも頭を垂れて、駆け足で自動ドアをでていった。

エンジン音が響き、クルマが走り去っていく。ガラスごしに見える路地に、リヤカー一台だけが残された。

室内はまた静かになった。

小笠原は莉子を見た。莉子は小笠原を見返し、こわばったような笑みを浮かべた。

ぎこちない愛想笑いが彼女の特徴だと小笠原は気づいた。あまりに瞳が大きいために目を細めるには至らない、そんなふうにも思える。

「はじめまして、小笠原といいます。あのう」当惑を覚えながら小笠原はきいた。「万能鑑定士って……正規の資格じゃないよね。きみひとりで、いろんな物を鑑定するってこと？　絵だけじゃなくて？」

なれなれしい口の利き方だったろうか。距離を縮めようとしてフレンドリーな言葉づかいを心がけたが、うまくいかない。軽蔑《けいべつ》されるかもしれない。

しかし、莉子は気にかけたようすもなく告げてきた。「まあ、そう。なんでも鑑定家ってこと」

タメ口をかえしてきた。見た目の印象ほど冷やかな性格というわけでもないらしい。

それにしても、万物の鑑定依頼に応《こた》えるなんて、そんなことが可能だろうか。いかに知識が広くても、苦手分野というのは必ずあるものだろう。

ふと思いついて、小笠原は自分の腕時計を外した。オメガのダイバーズウォッチ。指先でぶらさげながら、莉子にたずねた。「これ見て、どんなことがわかる？」

すると、猫目の美人顔がかすかに歪《ゆが》んで、怪訝《けげん》そうな表情になった。「そんなことより、取材を急がないといけないんじゃないの？　週刊誌って締め切りがあると思うけど。角川書店みたいな大手でも、入社して四年じゃまだ頑張らなきゃいけないんじゃない？　って、余計だったかな……ごめんなさい」

今度は、小笠原が絶句する番だった。さっき芦山が受けた衝撃がどれだけ大きなものだったか、小笠原は身をもって思い知った。

こちらからは、まだ名刺を見せてもいない。社名も目的も伝えていないし、事前に問い合わせの電話すらしていない。

「な、なぜ」小笠原は震える声を絞りだした。「なぜわかるんだ、そんなこと」

「理由を説明するのはちょっと……。あなたを傷つけたくないから」

「教えてよ。そんなこといわれたら、よけいに気になるよ」

「怒らない？」

「もちろん」

「オメガのシーマスター、オーシャンクロノグラフ・テクノスター、六百メートル防水。四年前にでた、シリアルナンバーとネーム入りの受注生産、限定品。Yuto Ogasawara ってローマ字の刻印が入ってるから、中古品じゃなくて当時、定価四十万円で買ったものでしょう。でも身につけているスーツはアオキのバーゲン三点セット、靴は浅草安売り王で買える中国製。ってことは、腕時計は親からの就職祝いのプレゼントよね」

複雑な気分だ。小笠原はぶつぶつといった。「それで入社後四年って判断したわけか。だけど、社名や職種まで……」

「うちを訪ねるサラリーマンは画商や骨とう商がほとんどだけど、彼らはガードレールの波板なんか持ちこまない。公務員の場合は事前に電話連絡があるから、残る可能性は取材目的だけ。テレビカメラがないから印刷物。あらゆる層に向けて記事を書く新聞記者は、鑑定家よりもまず大学教授とか権威的な研究者にコンタクトをとるはずだし、コアな鑑定を知りたがるのは雑誌記者。飛びこみ取材ってことは締め切りが厳しい週刊誌。リヤカーを引いてきているってことは、電車には乗っていないんだから、徒歩で来れる出版社。つまり秋田書店、潮《うしお》出版社、角川グループ。そのなかで事件性のありそうな鑑定依頼をしてくる編集部といえば『週刊角川』ぐらい。合ってる？」

「……はい」

「なんならその腕時計の価格、詳しくだしてみましょうか」

「いや、いいんだよ。これはもう」小笠原はそそくさと腕時計を左の手首に戻した。

莉子は上目づかいにきいてきた。「怒った？」

「怒らないよ。約束だからね」

実際、憤りなど感じなかった。

特異なのはその外見だけではなさそうだった。眼に力があると感じたのも、ルックスだけに起因した印象ではない。彼女はこの若さにして、驚くべき観察眼と連想力、知識を備えている。万能鑑定を名乗るだけのことはある。

そういえば、雑居ビル内のテナントとはいえ、ここは都心の一等地だ。月々の支払いも相当なものになる。道楽で店を構えていられるような場所ではない。彼女の鑑定業は、それなりの売上げを誇っているのだろう。

莉子はぶらりと小笠原の前を離れ、ガードレールの波板に近づいた。「あー、これね。テレビのニュースでも何度か見かけた……」

「そう。力士シールだよ」小笠原はうなずいてみせた。「誰が何の目的で貼ってるのか、突きとめたくてね。絵柄から描き手を推測できないかなと思って」

「急ぐの？」

「まあ、できれば今日じゅうに記事を仕上げたいね」

すると莉子は波板から視線を外し、店の奥へとひっこんでいった。すぐにハンドバッグを片手に足ばやに戻ってくると、ガラス張りの自動ドアの内側に、一枚の札をかけた。外出中です。そう書いてある。

小笠原はきいた。「どこに行くんだい？」

「力士シールって都内じゅうに貼ってあるんでしょ。現場を見ないと全体像を掴《つか》めないし」

「まさかぜんぶ見るの？」

「ぜんぶってわけじゃないけど、観察の対象は多ければ多いほど真実が絞れてくるじゃない」

「僕が持ってきた波板は……」

「あとでじっくり見せてもらうけど、まずは外。ほら、さっさとでて。ドアをロックするから」

背中を押され、小笠原は店の外に押しだされた。莉子は、閉じた自動ドアの下部にキーを突っこんでひねると、路地を歩きだした。

小笠原は莉子を追いかけながらいった。「あの波板だけど、東京メトロ飯田橋駅の……」

「B4a出口にほど近い、一方通行の商店街のガードレールでしょ。新宿区神楽坂一丁目付近。強度種別でC種に属するうえに、昔の規格のガードレールってことは、古くからある細い路地に設置されてた。区画整理された道路はもっと幅が広くなってるはず。飯田橋駅周辺で戦時中に焼けなかったのはあの辺りだけだしね。だから昔の道幅がそのまま残ってる」

小笠原は呆気《あっけ》にとられて歩を緩めた。遠ざかっていく莉子の背を、ただじっと見送る。

こんな女性が実在したなんて。にわかには信じがたい現実だ。それもあの若さで……。

いったいどんな人生を送ってきたのだろう。きっと幼少のころから聡明《そうめい》で、両親や学校の教師からも一目置かれていたに違いない。

莉子は立ちどまり、こちらを振り返った。「小笠原さん。早く」

「あ……ああ」小笠原は我にかえり、駆けだした。

万能鑑定士。その肩書は伊達《だて》ではない。世の中は広いと小笠原は思った。彼女ならば、奇っ怪にして謎だらけの力士シールから、意外な事実を見つけだすかもしれない。

しかしそれよりも、いまは彼女自身のことに興味がわく。

どんな子供だったのだろう。どこの出身なのだろう。どれほどの学歴の持ち主なのだろう……。

五年前

凜田莉子。ここまでひどい成績の持ち主は沖縄広しといえども、彼女ひとりぐらいのものだ。

石垣《いしがき》島の八重山《やえやま》高等学校、イシガキヒグラシの甲高い鳴き声が、秋のそよ風とともに運ばれてくる職員室。教員は部活指導のため出払っていて、残っているのは俺ひとりだけだ。この女生徒の進路指導に手間取らなければ、俺もとっくに陸上部の練習につきあっているところなんだが。

三年C組の担任、喜屋《きやん》武友禅《ゆうぜん》は一枚の通知表を眺めてため息をついていた。

五段階評価の裁定で、見事なまでにオール1。正確には、体育と音楽は3、美術は2だ。こと美術に関していえば、絵を描くのはそれなりの才能を発揮することもあるが、なにしろ知識を問われるテストは赤点ばかりだと担当の教師にきいている。

その凜田莉子の美術の答案はここにある。ほとんどが空欄、唯一それなりに頑張ったと思えるのは一問だけ。『最後の審判』や『ダビデ像』で知られるルネッサンス時代の芸術家の名をあげよ、という問題に、キリマンジャロと書いている。おそらくミケランジェロと書きたかったのだろうが、近いところを掠《かす》めているのはこの解答だけだった。

喜屋武は頭をかきむしった。高校の入学試験は決して難しくはないが、莉子はぎりぎりの成績でなんとか合格を決めていた。その後、成績は悲惨のひとことだった。遅刻ゼロ、欠席ゼロの皆勤賞でなければ留年も充分ありえただろう。

順当に三年に進級しただけでも奇跡といえるが、卒業後の進路を取り沙汰《ざた》される時期に、彼女の担任になる者が地獄をみるだろうことは三年前からあきらかだった。職員のあいだでは幾度となくそのことが話題にのぼった。

それが俺だったなんて。よりによって、あの凜田莉子の担任になっちまうとは。

莉子の声は、さっきからイシガキヒグラシの鳴き声を圧倒する勢いで響いてくる。校庭から彼女の声がする。頑張ってー。打ってー！　やったー！　まるで公式試合を応援しているかのような、張りのある叫びだった。

だが野球部は、いつもどおりの練習をしているにすぎない。野球部のマネージャーとして、過剰なほどの声援を送る莉子の存在も、もはや放課後の名物となりつつある。

喜屋武は立ちあがり、窓ぎわに歩み寄った。そよ風に泳ぐカーテンの向こう、八重山の秋の空が広がっていた。

ずいぶん涼しくなったと感じるが、本土《ナイチャー》の人からすれば、これでも真夏の暑さなのだろう。

彼らはまた、石垣島を何もない離島と信じているらしい。本土から出向してきた職員は一様に驚いた顔をする。こんなに発達しているなんて知りませんでした。二十四時間営業のマックスバリュにマクドナルドのドライブスルー、都会と変わりませんね。誰もが口を揃えてそういう。

彼らの想像するような、素朴な田舎の風景は八重山諸島の島々のほぼ全域に広がっている。しかし石垣島だけは別格だ。ここは八重山の中心地、ただひとつの都会だった。

とはいえ、電車もモノレールもなく、セブン-イレブンの出店が一軒もない市街地は、あくまで八重山の住人にとって賑《にぎ》わいのある地域というだけでしかない。ここでしかやれないことがある、買えないものがある。だから、離島に住む人々がフェリーで集まってくる。それだけのことだった。

凜田莉子もそのひとりだった。彼女の住む波照間島《はてるま》には高校がない。高速フェリーで片道一時間かかる波照間島、最終便は夕方五時だ。彼女はいつもぎりぎりまで野球部の練習につきあっているため、ひやひやさせられることも少なくない。

野球部はいくつかのグループに分かれて練習をおこなっていた。ノックと守備、ピッチングのほかは、ウェイトトレーニングやベースランニングが中心だった。薄汚れたユニフォームの部員たちの合間を縫って、制服姿の女生徒が駆けずりまわっている。タオルを運んだり、ランニングのタイムを計測したりしながら、部員への声援を欠かさない。

スマートな体型で腕と脚が長く、顔は小さくて、わが校でも屈指の美人《アツパリシヤン》であることは疑いの余地はない。天は二物を与えず。願わくは、あそこまでのルックスを誇らなくてもいいから、少しでも勉学の才能が備わってくれるとありがたいのだが。

喜屋武は校庭に怒鳴った。「凜田！　ちょっと来い！」

莉子はこちらを振りかえった。満面の笑みで手を振る。「喜屋武先生。すぐ行きます！」

おおらかで、猜疑心《さいぎしん》のかけらもしめさず、なにごとにも前向きで、全力を尽くす。莉子にはそれだけの良い面がある。にもかかわらず、頭は決定的に悪い。どうしたものだろうか。卒業まであと半年、タイムリミットは刻一刻と迫っているというのに。

駆けだした莉子が校舎の入り口に向かってくる。部員たちは動きをとめて、その背を見送っている。一様に、がっかりした表情を浮かべた。直後、野球部全体の動きが緩慢になった。ノックは空振り、スタートダッシュは腰砕け。あきらかにやる気を失っている。

現金なものだ。莉子が部員たちに絶大な人気を誇っていることは知っているが、彼女が姿を消すと、こうまで露骨に手を抜きはじめるとは。校庭にはまだふたりの女子マネージャーがいるが、いずれも不満げな面持ちだった。

高校生の分際で、美人に鼻の下を伸ばすことを覚えるとは。嘆かわしい限りだ。俺が顧問だったら、その根性をイチから叩《たた》きなおしてやるところだが。

扉をノックする音がした。開放された戸口から、莉子が入室してきた。「失礼します」

「凜田。座れ」喜屋武は隣りのデスクの椅子を引きだした。

「はい」莉子はすなおに腰かけると、大きな目を見開いてこちらをじっと凝視した。

喜屋武は進路希望のプリントを取りだした。「凜田。これはなんの冗談だ？」

「……冗談って？」莉子の顔にはまだ笑みがとどまっていた。「なんのことですか」

「本気で書いたってのか」

「もちろん、本気で書きました」

「俺を困らすな」喜屋武はプリントを机の上に投げだした。「なんだ、とりあえず東京にでて、就職先はそれから探しますってのは。馬鹿にしとるんか」

「馬鹿になんて……してませんけど。波照間島じゃあんまり働くところもないし、石垣にでるのもフェリー代かかるし、ならいっそのこと東京にでればいいさぁ、って」

「なんでいきなり東京なんだ。親戚《しんせき》でも住んでるのか？」

「いえ。知り合いはいませんけど、でも、東京って仕事いっぱいありそうだし、お給料も高いってテレビでいってたし……」

喜屋武は通知表を開いて見せた。「この成績でか？」

莉子はさすがにばつの悪そうな顔になった。「東京行ってから努力すればいいさーってお父さんもお母さんもいってるんですけど……。就職に必要なところだけ勉強すれば、効率もいいだろうって」

「そんなに甘いもんじゃないぞ。就職活動もしていないのに、いきなり飛びこみで試験を受けるつもりか。っていうか、まさかおまえ、水商売に手を染めるつもりじゃないだろうな」

「水商売？」

「おミズのことだよ」

「ミネラルウォーターとか？　お水を売る商売ですか？」

「……だとしたら、どうなんだ」

「就職したいです。水商売」

「馬鹿をいえ」喜屋武は吐き捨てた。

どうやら莉子は本当に無知のようだった。波照間島にその手の店があるわけもない。知らずに育つこともありうるのだろう。詳しく説明するのは教員としてふさわしい行為ではない。

しかし、このまま行く宛もなく上京させたのでは、悪い虫がつく可能性も充分にある。莉子は美人で、世間知らずだ。群がってくる輩《やから》の甘い誘いに乗ってしまうかもしれない。

喜屋武はきいた。「向こうで勉強するって、つまりこっちではなんの準備もしていかないつもりか?」

「いいえ」莉子は笑顔で、胸ポケットから折りたたまれた紙を取りだした。「自分なりに、いい勉強法を見つけたんです。ほら、これです」

差しだされた紙片を開く。雑誌の一ページを切り取ったものだった。

自宅でめきめき身につく勉強法。たった二か月で東大入学レベルの学力に! 見出しにはそうあった。

呆《あき》れて声もでない。いまどき見かけないほど陳腐な詐欺広告だった。応募要項によれば、入会手続きをとれば半年間、通信教育用のテキストが送られてくるという。すごい、画期的、爆発的という、何を意味するのかわからない形容詞で埋め尽くされた説明書きには、ほとんど中身といえるものが存在しなかった。

「おい」喜屋武は莉子を見た。「これ、申しこんだのか」

「はい。電話できいたら、高三の人は学生専用コースってのに申しこんでくれっていわれて。先々週ぐらいに。お父さんも印鑑押してくれました」

「金も振りこんだのか」

「いえ。後払いって話なので……。テキストも送られてきたんですけど、なんだか問題集と変わらない内容で、難しくって、まだやってないんですけど……」

「そりゃそうだろう。どこかの問題集をまる写しにしただけの内容にきまってる」喜屋武はデスクの上の受話器をとり、広告に記された電話番号をプッシュした。

莉子が目を丸くした。「どうしたんですか？」

「すぐに解約しろ」喜屋武は莉子に受話器を差しだした。「通信教育を退会するっていうんだ。それ以外には、何も話さなくていい」

戸惑いがちに受話器を受け取った莉子は、それを耳にあてた。「……あ、もしもし。ええと、凜田といいます。凜田莉子です。あのう、通信教育を……やめたいっていうか、退会したいんですけど……。はい？　クーリングオフ期間が過ぎてるって……。どういう意味でしょうか？」

おいでなすった。喜屋武は受話器を莉子の手からひったくり、電話にでた。「もしもし。

電話かわりました」

相手は、どすのきいた声の中年男のようだった。「あんた誰だ？　保護者か？」

「そんなようなものかな」

「法律で決まってるんだけどねぇ、クーリングオフ期間ってのは八日間なんだよ。それを過ぎたら返品とか解約は不可能。早いとこ代金を振り込みなよ」

「ふうん。法律が絶対ってわけか」

「当然だろ」

「なら、この申し込み要項も間違いないのか。学生専用コース。学生さんのみ対象となります、って書いてあるな」

「それがどうした」

「法律を順守すれば、この契約はなかったことになるな」

「な……何だと？」

「学校教育法の定める〝学生〟の定義はな、大学生、大学院生、短大生、専門学校生。それだけさ。高校生は生徒っていうんだ。学生には含まれない。法廷に持ちこんだって勝てやしないからそのつもりでな」

喜屋武は受話器を乱暴に戻した。

しんと静まりかえった職員室で、莉子はぽかんとしていたが、やがて笑顔になり、手を叩いた。「先生、すごい。名探偵みたい。かっこいい!」

「いや、それほどでも」照れくささを覚えて頭をかきながら、喜屋武はふと我にかえり、真顔をつとめた。「凜田。こんなものはな、詐欺同然の手口なんだ。通信教育で短期間に東大レベルの学力なんて、PL法で許されてる謳《うた》い文句の限度を超えてる。ひっかかってどうする」

「詐欺……だったんですか」莉子は当惑ぎみにいった。「全然気づきませんでした。お父さんも、これはよさそうだってすぐ賛成してくれたし」

「契約書に印鑑を押したときのお父さんは、シラフだったのか?」

「いえ。泡波《あわなみ》を六杯ぐらい飲んでました」

「そのときお母さんはどうしてた?」

「三線《サンシン》を弾いてました。通信教育を申しこむことに決まったから、宴会やろうっておばあが言いだしたんで」

喜屋武は思わず唸《うな》った。これは家に問題があるとしか言いようがない。両親は莉子の上京に同意しているようだが、このままいけば保護者としての監督責任能力を欠いていると判断されても仕方がないだろう。

立ちあがり、上着を手にとって羽織った。喜屋武は莉子にいった。「凜田。帰りのフェリーは?」

「ええと……あと三十分ぐらいです」

「俺も一緒に乗っていく」

「え!? でも、きょうはもう石垣に戻るフェリーはないですよ」

「民宿に泊まるとか、なんとでもなるだろ。それより、きみの両親と話をしたい」

莉子はさも嬉《うれ》しそうに、椅子から跳ねあがった。「先生、ごろ寝だったらうちに泊まってもいいですよ。泡波、たくさんありますから」

「こら。遊びに行くんじゃないんだぞ」

悪気がないのはわかるが、天真爛漫《てんしんらんまん》にもほどがある。喜屋武は上着の襟を正しながら思った。危険な状況にある生徒をこのまま放っておくわけにはいかない。道を踏み外す前に、まずは保護者から認識を改めてもらう必要がある。

波照間島

波が高くなくてよかった、と喜屋武は思った。波照間島への航路は、八重山諸島のなかでも長いために、海が荒れていれば即、欠航となる。ただでさえ、一日にたった三便しかでない高速フェリーが失われたら、人の動きに支障がでる。けれども、島民は苦情を口にしない。それがこの島の生活のあるべき姿さぁ、そんなのんびりとした気分が船内を支配している。

がらがらのキャビンのいちばん後ろの席に、喜屋武は凜田莉子と並んで座っていた。船尾にいくほど揺れは小さくなるが、それでもフェリーは波にぶつかるたびに大きく上下運動を繰り返していた。

莉子はけろりとした顔で、漫画本を読みふけっている。

喜屋武は莉子にいった。「よく読めるな。酔ったりしないのか」

「全然」莉子はだしぬけに瞳《ひとみ》を潤ませながら喜屋武を見つめてきた。「この漫画、すごくいい話なんですよ。上京した女の子が、かっこいいバンドの子と知りあいになって……」

しめされた表紙を喜屋武は一瞥《いちべつ》した。『ＮＡＮＡ』というタイトルだった。「流行《はや》ってんのか、それ」

「うん。今年いちばんの流行りかも。先生は漫画読まないんですか」

「戦後六十年だぞ。記念行事もいろいろあるし文献も発行されてる。もうすぐ小泉総理も沖縄を訪れるそうだし、新聞にじっくり目を通すだけでも勉強になる」

「へえ。先生はまじめですね。わたし、愛媛でやってる地球博だっけ、あれなら行きたいですけど」

「愛媛？　愛・地球博のことなら、愛知だろ」

「あー、愛知ですか。みかんとタオルで有名な」

「だから、それは愛媛だよ。愛媛は四国、愛知は中部地方」

「中部……山口とか……」

「中国地方だろ山口は。東京がどのあたりにあるのか、ちゃんとわかってるのか？」

第三者がきけば、ふざけているだけに思えるだろう。莉子は一見、勉強ができそうなクールな見た目をしているから、よりそう感じられるに違いない。最初は俺もそうだった。

やがて誰もが事実を知り、愕然《がくぜん》とすることになる。

小学生で習うはずの都道府県および県庁所在地を、莉子はほとんど知らない。白地図を埋めるテストで正解できたのは、北海道と沖縄のほか、わずか数か所にすぎない。成績でいえば極端な落ちこぼれの部類だというのに、莉子はそのことを気にかけるようすもなく、いつも底抜けに明るい。すなわち、それが人生にとってどれだけ忌々しい問題かを認識していない。やはりこのまま独り立ちさせるわけにはいかない。

フェリーの揺れがおさまってきた。夕方とはいえ、陽はまだずいぶん高いところにある。人の営みがある日本最南端の島、波照間。ちっぽけな島の素朴な港が見えてきた。

桟橋に船が接岸すると、乗客が降りていく。喜屋武も莉子につづいて下船していった。

人口は六百人に満たない。静寂に包まれた港にはほとんどひとけもなく、トラックに積まれた石垣牛の唸りが聞こえるのみだった。駐在がパトカーを停めている。フェリーの到着時刻にはそうすることが決まりのようだった。警官のいる島であることを、外部からの来訪者にアピールする狙いがあるのだろう。もっとも、その中年の警官はパトカーを離れて、待合小屋の軒先に座りこみ、漁師と談笑するばかりだが。

港町はない。埠頭《ふとう》には小屋がひとつあるだけで、あとは低い山を緩やかに上る道が伸びるのみだ。あの道の先にある集落もごく小さなものでしかない。軽自動車で走れば二十分ほどで一周できてしまう。診療所はあるが病院はない。この島内での出産はできず、妊婦は石垣島の八重山病院に入院せねばならない。

莉子は、サトウキビを載せたリヤカーを引く主婦とあいさつをかわし、そのまま立ち話に入った。どうやら彼女はこの島でも人気者とみえて、大人たちが続々とその周りに集まってくる。

醇朴《じゅんぼく》、質朴のきわみというべきその風景を見ながら、喜屋武は確信を強めた。

莉子を上京させてはならない。彼女の両親を説得することは、俺に課せられた使命だ。

宴

島の中心部の集落、貝やサンゴで築いた垣根に囲まれた、赤瓦《あかがわら》屋根の平屋。どの家も同じ外観をしているが、凜田莉子の実家を見分けるのはたやすい。玄関先のシーサーが、ひときわ愛嬌《あいきょう》のある顔づくりになっているからだった。

喜屋武が以前に家庭訪問に来たときにも、この家の宴会のペースに呑《の》まれてしまった。きょうこそは毅然《きぜん》たる態度を貫き、両親と差し向かいでとことん話し合わねばならない。

日没後、街路灯もほとんどない集落は真っ暗になる。波照間にはハブはいないが、出歩く人はいない。住民はみな家に引きこもる。

その時刻に至って、喜屋武はうんざりしながら項垂れる自分を意識した。

周りでは、莉子の家族がどんちゃん騒ぎをしている。ちゃぶ台には八重山そばに黒糖のきいたヤシガニ料理、そしてこの島でつくられる泡盛の銘柄、泡波の瓶が並ぶ。

莉子の両親は、さすがにあれだけ綺麗《きれい》な子を産むだけあってふたりとも容姿端麗だが、どうしようもなく田舎くさかった。赤ら顔の父、凜田盛昌《セイショウ》は、妻の凜田優那《ユナ》の三線《サンシン》の伴奏に合わせて踊りつづけていた。

近所に住む親せきの世帯主は、この島の盆祭《ムシャーマ》りの仮装行列で主役ともいえるミルク神を務めていたという。時季はずれだというのに、衣装を持ちこんできて身につけ、凜田盛昌とともに軽快なステップを踏んでいる。

白い布袋《ほてい》の顔の仮面に黄色い和服という、インパクトのある外見のミルク神は、この島の住民にとって捨て置けない存在であるらしい。窓のなかにその姿を発見した近所の人々が続々押しかけてくる。もはや凜田家の宴会は、床が抜け落ちそうなほど大勢の参加者でごったがえしていた。

床の間に近い座布団に腰をおろしていた喜屋武は、ただ呆気《あっけ》にとられてその光景を眺めていた。

この宴会の真の主役はミルク神ではない。住民たちはかわるがわる莉子を祝福し、織物やら鍋《なべ》に入った煮物やらを贈呈していた。涙ぐんでいる老人もいる。まるで島の出世頭の新たな門出を祝っているかのようだ。莉子はといえば、戸惑ったようすもなく笑顔で応《こた》え、持ちきれないほどの贈り物を抱えながら宴の席をまわっている。

島民のバイタリティにひたすら圧倒されるしかない喜屋武だったが、どこかの中年夫婦が莉子に盃《さかずき》をすすめるのを見て、さすがに黙っていられなくなり、立ちあがって駆け寄った。

「よしてください」喜屋武は三線の音にかき消されまいと大声で怒鳴った。「莉子は未成年ですよ」

中年夫婦はきょとんとした顔でこちらを見たが、すぐに満面に笑いを浮かべて、盃を喜屋武に押しつけてきた。「なら先生、あんたが飲むさぁ。ほら飲むさぁ」

「いや、私は……」

「いいからほら！」

周囲の視線がいっせいにこちらに向けられたのを感じる。期待感に目を輝かせる人々。喜屋武は困惑を覚えたが、彼らの喜びに水を差すのはよくない。莉子の立場を悪くするだけだ。

仕方なく、喜屋武は盃をあおった。泡盛のなかでも特に強烈な泡波の、喉《のど》を焼きつくすような熱さが腹におさまっていく。

「おお！」中年男は声を張りあげた。「ええ呑みっぷり！　男前だし、ええ先生ねぇ。莉子ちゃんも結婚したらどうかねぇ」

周囲はいきなり盛りあがった。それはええ。先生は宮古《みやこ》の出身だというし、一緒にハーリー祭に参加してもらえばええねぇ。どうなの莉子ちゃんは、先生みたいな男の人は。

「えー」莉子は照れたようすで苦笑いを浮かべていた。「キャンキャンと付き合ったりしたら、友達がみんなひやかすし……」

キャンキャン。俺は生徒にそう呼ばれているのか。

莉子は酒を飲んではいないはずだが、この場の雰囲気にすっかり呑まれてしまったらしい。平気で俺の仇名《あだな》を口にしている。誰も理性的ではいられない、それが凜田家の宴会のようだった。

喜屋武は咳《せき》ばらいした。「みなさん。莉子さんが東京にでることを祝うのは悪くありませんが……」

すると参加者はいっせいに沸き立った。ひとりの男が声高にいう。「東京に娘を送りだすなんて、凜田さんの家はやっぱり立派さぁ」

「おう」ほかの参加者が怒鳴った。「莉子ちゃん、国会に行って小泉さんにあいさつするさぁ！」

その発言が皮切りになったかのように、住民たちは莉子に熱心にリクエストし始めた。友達できたら、みんなに波照間はええところじゃって宣伝するさー。夏川《なつかわ》りみに負けないぐらい有名になって石垣を見返してやらにゃねぇ。レッサーパンダの風太《ふうた》が立ったっていいうけれども、あんなものうちのヤギやリスザルに比べたら……。

どれもこれもテレビを通して知り得た東京の印象でしかない。しかも正確ではない。風太がいるのは千葉県だ。

ここの島民たちは、六百人しかいない波照間と同じスケール感で東京をとらえている。一千万人がひしめく大都会というものは、彼らの想像の及ぶ範囲ではないらしい。

喜屋武はいった。「みなさん。東京の独り暮らしってのは、そんなに甘いものではないと思いますよ。莉子さんを送りだすことばかりが正しい道ではないと、いまいちど考えてみるべきです」

宴会はふいに、水をうったように静まりかえった。

三線の音が途絶え、ミルク神が踊るのをやめた。莉子の顔から、笑みが消えた。

沈黙のなか、莉子の父方の祖母らしき女性が口をきいた。「知っとるさ、そんなもん」

誰もが真顔になって、おばあを注視する。彼女の存在が住民たちにとって大きなものであることは、状況をみればわかる。

「先生」と莉子の祖母は、しわがれた声でいった。「わたしは石垣で、八重山運送って会社の相談役をやってるんだけどねぇ。若いころは経営に参加しておったもんだから、いまでもみんなわたしを頼ってくるんで、この歳になってもそういう役職に留《とど》まっておるんだけれども」

八重山運送は、石垣島でも大手の運輸会社だ。この辺りの島々から内地に引っ越す際には、誰もが八重山運送に手配を依頼する。実業家としても有力者だったのだろう。

莉子の父、盛昌がにやつきながら頭をかいた。「おかげでおばあん家《ち》って、電話代が無料なんだよなぁ」

その妻の優那が首をかしげる。「無料なの？　どうして？」

「戦後に会社がＧＨＱ傘下になったんで、米軍が使う短波帯多重無線の電話回線を家にもつないでもらってて、だから電電公社には加入してなかったさ」

祖母は笑った。「いまでもそうさぁ。おかげで長いこと、ＮＴＴってのがどういう意味かわからなくてねぇ。おじいが新しい予防接種だというんで、ずっと信じてたさー」

室内がどっと沸いた。ミルク神は手にした小太鼓を打ち鳴らしている。

ふいに真顔になった祖母が、喜屋武をじっと見つめてきた。「八重山運送に就職する気があるなら、いつでも入れてあげるって莉子にもいってたんだけどねぇ。本人がどうしても上京したいっていうから」

「……でも」喜屋武はいった。「勤め先もきめずに上京するってのは……」

「先生」祖母は穏やかに告げてきた。「先生は宮古に実家があって、石垣で働いているもんだから、あまり雨のことでも悩まんでしょう？　波照間はいつも水不足で、飲み水がなくて悩んでばかりでねぇ。誰でもいいから若い人が都会にでていって、なんとかしてくれんかなぁって、島の者はみなそんなことばかり考えてるさ」

静寂の居間に漂いだした重い空気。喜屋武は宴の参加者の真意に気づきだした。

きょう、職員室で莉子と交わした会話を思いだす。〝水商売〟という言葉に、莉子が連想したのは飲料水の販売だった。しかもその職に就きたいという意志をしめした。

そうだった。波照間の住民にとって、飲み水は深刻きわまりない問題だ。

島では年じゅう渇水が続いている。飲料水をまかなうための淡水化施設の用水は、常に枯れている。夕方、節水を呼び掛ける島内放送を耳にした。土取り場のわき水を淡水化施設に運んで、なんとか凌《しの》いでいるともきく。

石垣に近い島々のように、海底送水が簡単に実現する距離ではない。日本最南端の離れ小島。同じ南の島であっても、宮古や石垣からは想像もつかない苦難がここにはある。

どうすれば解決できるか、誰も具体案は思いつかない。それでも、藁《わら》にもすがる思いで若者を送りだしたい。ゆえに、上京したいという島民が現れたら、全力で支持するのだろう。

いま彼らにできることは、それしかないのだから。

祖母は微笑した。「まあ、莉子に無理はさせたくないさぁ。戻る気があるなら、いつでも戻ってくればいいからねぇ。おばあが元気なうちは、八重山運送に入れるよう、準備しておくからさぁ」

莉子は複雑な表情を浮かべたが、すぐににっこりと笑ってうなずいた。

「さあ！」凜田盛昌が甲高い声でいった。「ぱぁっとやろう。優那、景気のいいのを一曲頼む。ほら、泡波をあと三本追加するさぁ」

住民たちは待ってましたとばかりに沸き立ち、たちまち宴会の賑《にぎ》やかさを取り戻した。三線《サンシン》が鳴り響き、ミルク神が舞い踊り、あちこちで笑い声があがった。

酒を盃に注いでまわる莉子の横顔。その笑みのなかに翳《かげ》がさしているのを、喜屋武は見逃さなかった。

そういうことだったのか、と喜屋武は思った。

このどんちゃん騒ぎは、莉子とその両親、そして島民の寂しさをまぎらわすためのものだ。

惜別の宴。それが凜田家の今夜の催しだった。

りんごとオレンジ

宴会は深夜までつづいた。さすがに三線の音は途絶え、誰もが踊り疲れ、歌い疲れて、琉球《りゅうきゅう》畳の上にごろ寝をはじめた。凜田盛昌も高いびきをかいている。彼の母は、凜田優那とともに台所に立っていた。まだ食べ物をだす気らしい。

喜屋武は、莉子が姿を消していることに気づいた。ゆっくりと立ちあがり、縁側に向かおうとする。酒がまわっている。足もともおぼつかない。それでも、秋の波照間の冷たい夜気は、ぼうっとしていた頭を覚醒《かくせい》させてくれる。

莉子はひとり庭先にでて、夜空を見あげていた。

縁側に並べてあったサンダルを履いて、喜屋武は庭に歩を踏みだした。ゆっくりと莉子に近づく。

空に目を向ける。満天の星空。莉子が見つめる先には、この島でしか見られない煌《きら》めきがあった。

「南十字星か」喜屋武はつぶやいた。「波照間ならではの宝物だな」

莉子はうなずいた。「東京に行ったら、見れなくなるってきいたから。よく見ておこうと思って」

「……凜田。上京を思い立ったのは、自分がなんとかしなきゃと思ったからか？」

「え？」莉子は喜屋武の顔を見つめてきた。

「若い人が内地に……できれば東京にでていって、どんなことでもいいから島の環境改善のために尽力してほしい。おばあに限らず、みんながそういってるのを聞いてるうちに、自分が行こうと思ったんじゃないのか」

静寂が辺りを包む。莉子は無言で見返すばかりだった。

だがその沈黙に、すべての答えがあった。図星に違いないと喜屋武は思った。決して嘘をつけない彼女の大きな瞳《ひとみ》が、かすかに潤んでいる。

「でもな」喜屋武はため息をついてみせた。「あの人たちがいってるみたいに、総理大臣や有名人に出会える場所ってわけじゃないぞ。文字通り、生き馬の目を抜く大都会だ」

「ええっ⁉」莉子は驚愕《きょうがく》の表情を浮かべた。「馬の目を抜くんですか。都会の人は」

「野蛮人かよ、東京の人は。この島みたいに馬やヤギを放牧してるわけじゃないさ」

「ですよね。ビルとかいっぱいあるところだし」

「テレビで観ただけだろ? 向こうに行って、この島の渇水対策につながる仕事に就くとして、それはどんな職種だ? 凜田が入れるような会社か? 都会の人に追いつくにはどれだけ勉強しなきゃならないか、ちゃんとわかってるか?」

言葉が過ぎただろうか。

正直、八重山高校の教師としての俺は、生徒にあまり勉学を奨励してはこなかった。莉子は極端に成績が悪い部類の生徒だが、実際のところ読み書きと計算力についてそこそこ身についていれば、地元の就職に支障はない、それぐらいに考えていた。いまになって勉強の必要性を説くのは気がひける。

けれども、いわねばならない。彼女は上京を志しているのだから。

莉子は一瞬、表情をこわばらせた。状況の難しさは理解できているようだった。やがて莉子は、自信のなさそうな微笑みを浮かべた。わかりません、と莉子はいった。

「先生も知ってるように、わたし、勉強ぜんぜんできないから。この島の小学校、中学校に通ってたときも、いつも成績はびりで……。勉強する気はあるんだけど、頭が悪くて。何も覚えられないいんです」

「学習意欲があることは知ってるよ。なにごとにも熱心だ。音楽の先生にもきいた。交響曲を鑑賞したときに涙を流すほど感動して、感想文を書くに書けないありさまだったそうだな。美術でも似たようなことがあっただろ。教科書に載ってた絵にひきこまれて、夢中で眺めていたせいで、先生の言葉がまるで耳に入ってなかった」

「なんか、よくわからないけどすごい絵なんですよ。いくつものリンゴが布の上にあるだけなんですけど、すごく本物っぽいっていうか。スザンヌの絵」

「セザンヌだろ」喜屋武は頭をかきむしった。「数学も英語もまるで駄目、漢字もぜんぜん知らないし、地理も歴史も成績は劣悪きわまりない。それでもやっていけるのか？　少しずつでも勉強していけるか？」

「はい」莉子は笑顔で即答した。「やるだけやってみるだけです」

……このプラス思考はどこからくるのだろう。いや、さっきの宴会で、莉子はまぎれもなく寂しそうな横顔をのぞかせていた。彼女は、この島のために役立とうと必死なのだろう。

上京したらきっと、彼女は深く傷つくことだろう。馬鹿にされ、疎外され、孤立してしまうかもしれない。

だがそのときは、家族のもとに帰ればいい。やれるだけやった、莉子がそんな思いを抱くに至れば、たとえ島に出戻りになっても、決して無気力に陥ったりはしないだろう。

内地をめざし、そしてまた島に戻ってくる若者は多い。彼女もたぶん、そのひとりになる。

それでいいのではないか。島を救いたいという莉子の思いは、どうしようもなく正しいのだから。

莉子のような教え子を持てたことを、俺はむしろ誇りに思うべきだ。

「なあ、凜田」喜屋武はいった。「ひとつだけ約束してくれ」

「なんですか」

「絶対に、いいか、絶対にだぞ。水商売にだけは手を染めるな」

「ミネラルウォーターを売るなってことですね」

「コンビニのバイトもできねえだろ、それじゃ。違うんだよ、水商売ってのは……」

「水道の会社に就職するってことですか。そのほうが波照間のためになるかも」

「東京からこの島まで水道管を引くつもりか？　水道局にも管轄があるんだよ。そう性急に考えるな。とにかく、おミズの仕事は駄目だ。これ以上、教師の俺に説明させるな。上京すればどうせ、いやでもわかってくる。水商売は厳禁。犯罪になることも、もちろんやってはいけない。それさえ守ってくれたら、先生は凜田の上京を認める」

「ほんとに!?」莉子は飛びあがった。「やったぁ。先生、ありがとう」

「約束できるのか、凜田？」

「はい。約束します。絶対に守ります。あの南十字星に誓います！」

莉子はそういって、天の川にまたたく四つの星を見つめた。その輝きが莉子の虹彩《こうさい》に宿っている。

喜屋武はひそかにため息をつきながら、心の奥底で思った。美を見つめる莉子の目。そのまなざしだけは本物のように思える。

セザンヌの『りんごとオレンジ』は、実際にはありえない不自然な構図ながら、配色および配置に幾何学的なバランスが存在する、高度な絵画だときいたことがある。

そこに理屈抜きに美をみいだしたのなら、莉子は素朴ながら純粋たる芸術眼を有している……、そういえるのかもしれない。

思いがそこに及んで、喜屋武はふと我にかえり苦笑した。

うがちすぎか。俺も島民と同じ過度な期待を抱きつつあるのかもしれない。ミルク神の力によるものか、それとも泡波のせいか。

いまはただ、純真な教え子とともに、夜空にひろがる幻想的な光景を眺めるだけだ。

南十字星。凜田莉子が旅立ちの日を迎えてから、何年後に彼女はふたたびこの煌めきを目にするのだろう。できるだけ先のことだと思いたい。そのときまでにこの島が変わっていると、本気で信じたい。

夢のまた夢

卒業式の一週間後、十八歳の莉子は初めて飛行機に乗った。石垣島から羽田までの直行便。こんな巨大な機体が大空に舞いあがるなんて、とても信じられない。全身、鳥肌が立つほどの恐怖に包まれたが、上京を知った野球部員たちの寄せ書きを胸に抱えて心の支えとし、なんとか乗りきった。

部員たちはみな温かかった。旅立ちの日までは宴会に次ぐ宴会、同学年のほとんどの生徒が波照間島にやってきて凜田家に泊まった。旅費はカンパでまかなわれた。上京後しばらくの生活費は、両親が工面してくれることになった。

わたしは大勢の人たちに支えられている、そう実感した。頑張って困難を乗り切って、島民を幸せに導かねば。どうすれば実現できるのかはさっぱりわからないが、おばあもいっていた。誰もが初めは初心者さぁ、と。

莉子は旅客機の座席に身をあずけた。なんとかなるさぁ。

羽田に到着してからは、目もくらむような狂乱の光景のなかに身を投じていることを、莉子は実感した。

八重山のハーリー祭をはるかにうわまわる人の群れが、ロビーを埋め尽くしている。夏の石垣島まつりに匹敵する長い行列が、空港に隣接されたモノレール駅につづいていく。やっとのことで乗った車両はすし詰めだった。正月の八重山闘牛場の闘牛大会をうわまわる混雑。早くも身も心も押しつぶされそうだった。

モノレールは沖縄本島にもあるときいていたが、おばあの話では、いつも空いていて座席は座り放題という話だった。次から次へと、ひっきりなしに車両が到着するから、混むことはありえないという。この羽田のモノレールも数分おきに発着するようだが、どうしてこんなに混んでいるのだろう。東京のどこかで祭りが催されているのだろうか。

大きく重たい旅行用トランクをひきずりながら、ＪＲ浜松町駅に着いた。ここでも莉子は衝撃とともに立ちすくまざるをえなかった。

駅の改札のなかに商店街が広がっている。本屋さんもあればハンバーガー屋さんもある。行けども行けども構内はきらびやかな店舗が連なるばかりだ。人通りも多い。本当にここは駅なのか。不安をかすめたとき、やっとのことでホームへの下り階段を見つけた。

そのホームがまたショッキングだった。

でかい。あまりに広大で、海原に浮かんでいれば充分に人が住める島となりそうだ。そして、そこに滑りこんでくる列車は、果てしなく長い。あまりに長くて、永遠に通過しないのではと錯覚するほどだ。

列車が停まり扉が開くと、ホームにひしめきあう群衆がいっせいになだれこむ。山手線《やまのて》なる路線の緑いろの電車は、出発したと思ったらすぐに次の車両が入ってきて、息をつく暇もない。しかも停車するたび、大量の乗客が吐きだされてくる。なんという人の数だろう。八重山諸島の集落ではバスが壊れたら乗客みんなで押すことになっているが、さすがは東京。これだけの人がいれば電車が停まっても、充分な人力《じんりき》となりうることだろう。

驚いてばかりもいられない。おばあが八重山運送の知り合いを通じて手配してくれたアパートがある、中野という地域に移動せねばならない。

初めて乗る電車の窓の外に広がる、驚異の大都会を、莉子は固唾《かたず》を呑《の》んで見守った。しだいに莉子は、予想とは食い違ういくつかの事柄に気づきだした。

テレビで観た東京は、天を突くような超高層ビルが乱立しているという印象だったが、実際にはそういう光景はところどころにあるにすぎない。ほとんどは古風な民家が軒を連ねる住宅街ばかりだった。また、新宿や渋谷という街に、よほど面白いことが待っているに違いないと信じていたが、実態はごくありきたりな店舗が並んでいるばかりで、駅前を外れればすぐに辺鄙《へんぴ》な住宅地にでてしまう。どうやら東京は、催事や祭りがなくても人の流れが途絶えないところであるらしい。みんな、どこに何の目的があって移動しているのだろう。動きまわることが趣味なのだろうか。

陽が傾きかけたころ、莉子は中野駅に着いた。駅前は栄えていたが、どことなく薄汚れていた。おばあにもらった地図と方位磁石を頼りに歩くにつれて、莉子はさらに妙な気分になった。

中野五丁目の路地は細く入り組んでいて、連なる家屋も古びている。木造家屋はそうとう年季が入っているようで、竹富島《たけとみ》の集落といい勝負だった。豆腐屋や八百屋、電器店も、田舎よりずっと田舎くさい風情に満ちている。本当にここは東京なのかと勘繰りたくなる。

莉子が住むことになっているアパートも同様だった。都会の独り暮らしはどんなにお洒《しゃ》落《れ》なものになるだろうと思いをめぐらせた日々は、幻想に終わった。築三十年の木造ぼろアパートの二階、三畳一間の和室。それが莉子の生活空間だった。

ごく狭い部屋なので、フトンを敷いたら床にはもう空きがない。十六インチの薄型液晶テレビはぎりぎり壁ぎわに設置できた。旅行用トランクは靴脱ぎ場に置くしかない。フトンの向きを変えることもできないが、方位磁石で測ってみると、なんと北まくらになっていた。莉子は仕方なく、靴脱ぎ場のほうに頭を向けて寝ることにした。

それでも莉子は気落ちすることはなかった。コンビニエンスストアで入手したフリーペーパーの就職情報誌を開いて、さっそく職探しを始めた。

翌朝から、一張羅のスーツに身を包んで莉子の就職活動は始まった。電話で申しこみをすると、面接の日時はすんなり決まる。ＯＬになれる日も近い、浮かれながら街に繰りだす。見るもの聞くものすべてが目新しい。ここは新天地。いままでにない人生が待っている。行く手は希望に満ち溢《あふ》れている……。

だが、心躍るときはそれまでだった。さすがの莉子も、現実の厳しさを知らざるをえなかった。

面接でどう受け答えをすべきかわからない。最初の会社は食器の製造販売業ということだった。初老の面接官はきいてきた。入社後、どんなことをしていきたいと思っている？　将来の夢は？

莉子はすなおに答えた。「夢ですか……。ええと、家賃が払えるようになることでしょうか」

さらに、ブラインドタッチはできますかときかれ、窓のブラインドに触ってしまうありさまだった。

別の企業の面接では、尊敬する人は誰ですかときかれ、あれこれと考えあぐねているうちに、莉子は感極まって泣きだしてしまった。幼いころに児童書で読んだエジソンや野口英世の生涯を思いだし、感動がこみあげたせいだった。むろん面接官にそんな思いがつたわるわけもなく、情緒不安定と判断されたらしい。採用は見送られた。

面接以上に困難が伴ったのは筆記試験だった。

浅草の呉服卸問屋業の会社は、取り扱う商品の性質から、就職試験に歴史問題がだされることが多いときいていた。莉子は準備のために歴史書を買って読んでみたが、なにも頭に入らない。当然、試験においても学習の効果はまるで発揮されなかった。

空欄を埋めよ。徳川吉宗は、家重に将軍の座を譲った後も大御所として権力を維持し、財政に直結する米相場を中心に改革を続けたことから（　）将軍と呼ばれた。

正解は米将軍。莉子が自信満々に書いたのは、暴れん坊将軍だった。

吉宗だけに間違ってはいませんけどね、と面接官はしらけた顔でつぶやいた。むろん、採用の通知はもらえなかった。

持ち前の明るさは何ものにも替えがたいが、学力に難がある。率直なところ、まるで中学生のようである。よって今回、採用は見送らせていただく。そんな回答を受け取るのが常だった。

月末が近づき、莉子は最初の家賃を払うのも難しいという状況に立たされた。両親に相談しようにも、沖縄までの電話料金は高くつく。メールのパケット代すら馬鹿にはならない。どうにか自力で現状を打破せねばならない。でも、どうやって。

そんなある日の夕方、早めに帰宅した莉子がテレビを観ていると、ニュース番組の特集コーナーがふと目にとまった。

女性リポーターが告げている。「就職活動中のみなさんに、耳よりな情報ですよー」

画面に映しだされているのは、六階か七階建ての雑居ビルだった。外壁は吹き付けで、モスグリーンに塗られている。エントランスには雑多な商品が山積みになっていて、チープグッズ本店という看板が掲げられていた。

チープグッズ。テレビのＣＭを何度か観たことがある。大手リサイクルショップとして、都内数か所にチェーン展開している店舗だった。

東京には、莉子の知らなかった有名チェーンが数限りなく存在する。ファッションセンターしまむらは、石垣島にもあったから馴染《なじ》み深かったが、チープグッズは上京後はじめてその名を知った店のうちのひとつだった。

その看板の下に立つ女性リポーターがつづける。「こちらチープグッズ本店では、新入社員応援フェアと題しまして、特別な買い取りキャンペーンを実施しているとのことですが、具体的にはどんな内容なんでしょう。チープグッズ社長の娘さんで、従業員としても働いておられる瀬戸内楓《せとうちかえで》さんにうかがってみましょう」

画面の外から、もうひとりの女がフレームインした。チープグッズのロゴが入ったエプロンを身につけている。それが従業員のユニフォームらしい。

字幕は、瀬戸内楓さん（21）となっている。莉子よりも三つ年上のその女は、金髪のワンレンボブに大きな星型のイヤリングをした、一見派手なアイドル顔だった。化粧は薄く、目鼻立ちも整っていて、隣りの女性リポーターよりもずっとタレントっぽく見える。

しかし、瀬戸内楓はその外見とは対照的に、落ち着いた控えめな語り口でインタビューに応じた。「当店に買い取り希望の品物を持ちこんでいただいたお客様のなかで、この春に就職される方に限り、社長みずから面接をおこないます。将来の夢や希望、就職への熱意を語っていただくことにより、品物を特別に高値で買い取らせていただきます」

女性リポーターが笑顔でたずねる。「チープグッズさんに就職するための面接、というわけではないんですね？　あくまで、どこかの会社に就職がきまっている方が対象であると」

「そうです。熱意ある若い方々をサポートするというキャンペーンです。明日が最終日ですので、まだの方はぜひお越しください」

「社長さん……というか、楓さんのお父様は、ボランティア精神旺盛《おうせい》な方として有名ですしね。以前にも定年退職された方々を対象に、面接を開いて第二の人生への抱負を語っていただき、今回と同じく品物の高価買い取りを実施したことがありましたね」

「ええ」楓はうなずきながら、やや当惑したような笑みを浮かべた。「父の趣味みたいで……。ぜんぜん儲《もう》けがでないので、はっきりいってやめてほしいんですけど」

まあそんなことおっしゃらないで。女性リポーターが笑って受け流す。テレビの画面のなかは、終始なごやかな雰囲気に包まれていた。

莉子の心境は違っていた。全身に緊張が走る。闘志がたぎりだした。

画面の隅、チープグッズのエントランスの端に、旅行用トランクがいくつも積んであるのが見える。中古品のトランクを買い取り、販売しているらしい。

思わず靴脱ぎ場のトランクに目が向く。引っ越しには必要不可欠だったが、もはや生活に不自由さをもたらす邪魔なしろものでしかない。

このトランクのほか、いくつかの不用品を買い取ってもらえば、生活費の足しになる。まだ就職は決まっていないが、情熱だけは誰にも負けない自信がある。それを社長に伝えられたら、高値での買い取りも期待できるかもしれない。

こうしてはいられない。莉子はトランクをフトンの上に横たえて開き、古着の選別に入った。いる服といらない服を、直感を頼りにすばやく分けていく。

東京での生活、それはサバイバルにほかならない。降って湧いたチャンスを逃がしてはならない。当面の生活費、絶対にこの手につかんでみせる。もしここで挫折《ざせつ》するようなら、島の人たちを幸せにするなんて夢のまた夢だ。

チープグッズ

翌日の昼さがり、莉子は不用な古着や雑貨を詰めこんだ旅行用トランクをひきずって、井の頭公園にほど近い都道七号沿いに歩きつづけた。

吉祥寺《きちじょうじ》駅をでてからもう一時間近く経つ。駅から徒歩十五分という案内は間違いではなかろうか。いや、この道はさっきも通った気がする。まっすぐに目的地に向かっているかどうかと問われれば、自信はない。

さんざん迷ったあげく、ようやく道沿いにモスグリーンの雑居ビルを見つけた。テレビで観たのと同じだ。両隣りに民家がほぼ隙間なく迫っているせいで、やや小ぶりに思える。チープグッズ本店の看板、エントランスを埋め尽くす商品の山も、ニュースで映しだされていたとおりだった。

近づくと、貼り紙が目に入った。高価買取面接に来られた方は、裏におまわりくださいそう書いてある。

わき道を入って裏路地に入る。そのとたん、莉子は衝撃とともに立ちどまった。

ビルの裏手は大混雑だった。莉子と同じか、いくつか年上の男女が群れをなしている。みな真新しいスーツを身につけていた。すでに社会人になっているという余裕からか、連れと談笑していたり、缶コーヒーを傾けたりする姿が目につく。

莉子は思わず胸もとに手をやった。コートの下に、就職活動用のスーツは着ている。ヘアスタイルもメイクもそれなりに気をつかってきたつもりだ。それなのに、ここに集っているほかの人々とわたしとのあいだには、かなりの隔たりがあるように思える。誰もが一様に大人に見えた。わたしはといえば、まだ高校生気分の抜けない無職女にすぎない。

恐れていてもはじまらない。莉子は旅行用トランクの埃《ほこり》をはらってから、群衆のなかに突き進んだ。

混雑の中心にいたのは、エプロン姿の男性従業員だった。若くして額の禿《は》げあがったその従業員は、差し伸べられる無数の手に対し整理券を配る作業に忙しかった。

莉子は人垣に身体をねじこんで、整理券をもらおうとする人々の輪に加わった。従業員は怒鳴っていた。「券を受け取ったら倉庫のなかで待っていてください。番号が呼ばれたら、すみやかに事務室に入ってください」

やっとのことで整理券をつかみとるや、後ろから続々と争奪戦に加わってきた人々によって、莉子は反対方向へと押しだされた。混雑から抜けだした。そこでようやく、チープグッズ本店ビルの裏手を、はっきりと目にすることができた。

一階部分がくり貫かれ、ガレージ兼倉庫となっている。シャッターはあがっていて、壁ぎわにダンボールが積みあげられている。商品のバックストックらしい。

ガレージには一台の冷凍トラックが停まっていた。窓のない荷台の後部ドアが開いて、さっきとは別の男性従業員が姿を現した。フォトスタジオで用いるような傘つきの照明スタンドを、荷台から運びだしている。傘には霜が付着して真っ白になっていた。

従業員は、ビルの半開きの扉のなかに怒鳴った。「おい誰だよ。こんなの冷凍車に載せたのは！」

どうやらちょっとした混乱状態のようだった。ふだんの業務に加えて、大勢の客を面接に迎えているのだから、従業員は目のまわる忙しさだろう。

トラックのわきにはパイプ椅子が並べてあって、面接希望者らしき若い男女が座っていた。ほとんどが携帯電話を手に暇つぶしをしている。メールかワンセグか、どちらにしても料金の支払いが気になる莉子に真似できることではなかった。

いちばん端の席に腰を下ろす。隣りに座っていた女は、大きな紙袋を足もとに置いていた。なかには携帯ゲーム機とソフトがのぞいている。それが彼女の売りたい品なのだろう。

ちらと背後を振りかえると、若い男が膝《ひざ》の上でスーツケースを開けている。中身はノートパソコンと貴金属類だった。

ふたたび自信が失われていくのを感じる。沖縄の伝統工芸の紅型《びんがた》や、BEGIN《ビギン》のTシャツを含むわたしの荷物に値などつくのだろうか。缶入りのドラゴンフルーツと箱詰めのサーターアンダギーは、食べずにとっておけばよかった。

そわそわした気分で辺りを見まわす。すぐ近くに据えてあるカラーボックスに気づいた。なかには古本がぎっしり詰めこまれている。ご自由にお読みください、の貼り紙もある。売るに売れない薄汚れた本をひとまとめにして、面接を待つ人のために提供してあるらしい。莉子はそのなかから一冊を選び引き抜いた。『ハリー・ポッターと賢者の石』だった。

流行《はや》っているのは知っているが、活字の本には興味がなくて読んだことはなかった。開いてみると、文字も大きくて読みやすい。いい機会だから目を通しておこう。これで今後は、就職の面接で好きな本を問われたときに、困らなくて済むかもしれない。

ホグワーツ魔法学校での冒険の日々にどっぷりと浸かっている莉子の耳に、女の声が飛びこんできた。「すみません。ちょっと」

わたしを呼ぶのは誰。そんな素朴な疑問が頭をかすめる。戻りたくない、現実の世界に。このままずっと魔法世界に浸っていたい……。

「ねえ」女の声は苛立《いらだ》たしげな響きを帯びていた。「お客さん！　面接に来たんでしょ？」

はっと我にかえった。そうだ、わたしは面接に来ているはず。ここはたしか……。

顔をあげると、倉庫のなかだった。チープグッズ本店、ガレージ兼倉庫。けれども、さっきまでとはなにかが違う。

周りのざわめきは、いつしか消え失《う》せていた。倉庫にも、それに面した裏路地にも、もはやひとけはない。陽はずいぶん傾いていて、茜《あかね》いろに染まった空が見えている。カラスの鳴き声。どこか遠方の学校から聞こえてくる、下校時間を告げる『夕焼け小焼け』のメロディ。

停まっていたはずの冷凍トラックも姿を消している。がらんとした倉庫に、そよ風が吹き抜ける。無人のパイプ椅子が連なるガレージ兼倉庫。いまだ腰かけているのは莉子ひとりだけだった。

すぐ近くに立って、こちらを見おろしている女の顔を、ぼんやりと眺める。従業員用のエプロンを着たその女には見覚えがあった。きのうのニュースで観た。社長の娘とか。たしか楓……。そうだ、瀬戸内楓という人だ。

でも、なぜだろう。楓の顔はなぜか判然とせず、しきりに揺らいでいる。視力は悪くないはずなのに。

楓は妙な顔をしてつぶやいた。「なんで泣いてるの?」

泣いている……わたしが?

莉子はようやく、自分が涙ぐんでいるのに気づいた。視界がぼやけているのはそのせいだ。

あわてて指先で目もとをぬぐいながら、莉子はいった。「ごめんなさい……。なんだか泣けてきちゃって。ハリー君のご両親が……」

「ハリー君?」楓は眉間《みけん》に皺《しわ》を寄せ、莉子の膝もとの本を眺めた。「まさか、本に夢中になってたとか?」

「そうかも……。最初、ハリー君が可哀相すぎて読むのをやめようかと思ったんですけど、あのホグワーツに向かう列車に乗ってから、人生が三百六十度変わって……」

「一回転して元どおりじゃん。百八十度でしょ」

「ああ……そう。そうですね。とにかくすごくのめりこんじゃって……」

「お客さん」楓は呆《あき》れ顔だった。「いまさら古本読んで感動するためにここに来たんですか?」

「あ、いえ。面接受けようと思ってたんですけど。このトランクと、中身を買い取ってもらいたくて」

「整理券は？」

莉子は戸惑いがちに、手にしていた番号入りの紙片を差しだした。

楓はそれを受け取り、ため息をついた。「この番号かぁ……。ずっと前に呼んだのに返事がなかったから、すっ飛ばした番号じゃん。ねえ、お客さん。周りを見てよ。もう面接、終わったんだけど」

「え……。あ、あのう。すみません。ごめんなさい。……もう、いまからじゃ無理ですか？」

「そういわれてもね……。買い取り用のレジも締めちゃったし」

するとそのとき、落ち着いた男の声がした。「どうかしたのか」

ガレージの奥からでてきたのは、作業服姿の中年、いや初老に近い男性だった。体型はスマートで長身、白いものがまじった頭髪はウェーブがかかっていて、きちんと七三に分けてある。見た目から推察できる歳のわりに、背筋はまっすぐに伸びて、足どりも力強い。作業服の下に着たワイシャツの襟もとには皺ひとつなく、ネクタイにも歪《ゆが》みはない。身だしなみに気をつかう性格であることが、ひと目でわかる。

男は近くまで来て、こちらを見おろしてきた。渋い顔つきに穏やかで涼しい目、端整な顔だちだった。まっすぐに横一文字に伸びた口もとに、誠実さがにじみでている。

ネームプレートには、瀬戸内陸《りく》と書かれている。するとこの人が……。

「お父さん」と楓が男にいった。「この人、本に夢中になって、呼ばれてるのに気づかなかったんだって」

「こら」男は微笑を浮かべた。「店ではお父さんじゃなく社長だろ」

「あ、はい。社長。……面接は五時までって決まってたし、もう受け付けは終了したって説明してたんですけど……」

チープグッズ社長、瀬戸内陸の目が莉子に向けられた。「きみ、名前は?」

莉子はあわてながら立ちあがった。「凜田莉子といいます。波照間島から上京してきました」

「ほう、波照間ね……。ずいぶん遠くからきたんだね。それで、いまはどこに勤めてる?」

「ええと……それが、そのう……。まだ決まってなくて」

「はぁ?」楓が情けない顔になった。「それって、無職ってこと? きょうのキャンペーンの趣旨、ちゃんと理解してる?」

「まあ待て」瀬戸内陸が娘を制して、莉子にきいてきた。「で、買い取ってほしい物は?」

「ここにあります。このトランクと、中身の服とか生活用品とか……」

ふむ、と瀬戸内社長は顎《あご》をなでた。「いいだろう。なかに入りなさい」

楓は咎《とが》めるようにいった。「お父さ……いえ、社長」

「いいじゃないか。読書に夢中になるのも悪いことじゃないんだし。困ってるときはお互いさまってのが、このキャンペーンの合言葉だ。何度も説明したろ?」

「同情しすぎて、この人を雇うなんていいださないでよ。人件費も節約しなきゃいけないんだし」

「話し方がお母さんに似てきたな」瀬戸内は肩をすくめ、歩きだした。「さあ、凜田さん。こっちだよ」

社長が奥の戸口に向かっていく。仕方がない、と諦《あきら》めの表情を浮かべた楓は、ふっきれたような微笑とともに莉子の旅行用トランクをつかんだ。

「運びます」と楓はいった。「面接がんばってください。わざわざ手間をかけさせたんだから、いい結果だしてよ」

「ありがとうございます」莉子は微笑みかえした。

とりあえず、いい人たちにめぐりあえてよかった。

でも問題はこれからだ。面接。うまくいったことは一度もない。たとえ就職がかかっていなくても、本気で臨まないかぎり求めているものは得られない。全力を尽くすしかない。何をどう頑張ったらいいか、皆目見当もつかないが。

買い取り面接

牧師になる。それが瀬戸内陸の、幼少のころからの夢だった。

日曜学校での、牧師の演説に感銘を受けた。その感動が忘れられず、牧師になる道を歩もうと決心した。教会に勧めたら、養護施設を併設して、恵まれない子供たちを一手に引き受ける。それが瀬戸内の若き日に描いていた構想だった。

いくつかの教会に相談にいったが、どこも財政状態が逼迫《ひっぱく》していて、新規事業には手をだせそうにないという話だった。ならば、まずは資金を稼ぐのが先と考えて、リサイクルショップの経営を始めた。大学卒業直後のこと、いまから三十年近く前の話だ。

がむしゃらに勉強して、少しずつ店を成長させ、ようやくこの歳にして直営店とフランチャイズを含め、いくつかのチェーン店を展開する企業のオーナーとなった。けれども、いまだ当初の目標は実現せずにいる。毎日の資金繰りに忙しく、儲《もう》けもほとんどでない現状においては、夢はなお夢のままだ。

原因の一端は、娘の楓が指摘するとおり、私の経営そっちのけの人助けにあるのかもしれない。そう瀬戸内は思った。

買い取り希望の品を持ちこんでくる人々は、みな一様に暗く、明日の糧を得るにも困っているようすだった。ならば思いきってサービスしてあげようと、儲けを考えずに高価買い取りを始めたのがこのキャンペーンのきっかけだった。窮状を訴えてくれれば相談に乗る。決して損得勘定ばかりに左右されたりはしない。それが、かつて牧師を志した経営者にできる唯一の善行だと瀬戸内は考えていた。

私は経営者失格かもしれない。しかし、後悔はしていない。現状でも店のほうはなんとか切り盛りできている。将来のことも考えている。会社もチェーン店も負債のもとにはならない。楓に金銭面での苦労を引き継がせることなど、あってはならない。

できる範囲で人助けをする。かつて私に道を開いてくれた牧師がそうしたように、可能な限り努力をする。それが私の信条だ。

いまも瀬戸内は、四方を書棚に囲まれた狭い事務室で、凜田莉子という買い取り希望客の話に熱心に聞きいっていた。

莉子の話しぶりはうまくはないが、彼女の外見同様、妙に人の気を惹《ひ》きつけるところがある。八重山方言のイントネーションの残る莉子の言葉は、現地の風習や少女時代の思い出を情感たっぷりに表現していた。上京に至るまでの彼女の思い、そして両親や担任教師らの温かい心情に触れたこと、東京にでてからは面接や試験で苦戦していることなど、情景が目に浮かんでくるようだった。

彼女の心が澄んでいて、透明だからだろう。そう瀬戸内は思った。何事にもすなおな彼女は、皮肉やてらいを身にまとうことを知らない。ゆえにすべてが赤裸々に伝わってくる。彼女自身が意識していない、独り暮らしにともなう孤独や寂しささえも。

莉子は今回の面接のテーマである、将来の展望について熱く語っていたが、そのうち瞳《ひとみ》が潤みだし、大粒の涙が頰をつたった。

「……で、ですからわたしは」莉子は指先で頰の涙をぬぐいながら、声を震わせていった。「どんなことでもいいから、離島の環境っていうか、そういうものを改善できる立場になりたいと思っています。どういう職業がふさわしいかは、そのうち勉強するとして、まずは社会勉強と、そのう、稼ぎのためにも、なんでもいいから仕事に就かなきゃいけないと思ってて……」

瀬戸内は片手をあげて、莉子を制した。ハンカチを取りだし、それを莉子に差しだす。

莉子は戸惑いがちにハンカチを受け取り、そっと目頭を押さえた。「すみません……」

「昂《たか》ぶる感情を抑えられないみたいだな」瀬戸内はつとめて穏やかにいった。「赤毛のアンは花を摘むのに夢中になって日曜学校に出席するのを忘れたが、きみも同じ性格のようだ」

「ああ……。それならアニメで観ました。そうかもしれません」

「就職活動中なんだろう？　面接だけじゃなく試験もあると思うが、勉強のほうははかどっているかね？」

「それが」莉子は視線を落とした。「頭が悪いし……。難しいことは覚えられないし。参考書を広げると、すぐに眠くなるし」

「すなおに自分の欠点を認められるのは偉い。でも、頭が悪いってことはないだろう。きみはどうも、勉強のやり方を間違っているみたいだ。というより、やり方を知らないといったほうが早いかな」

「やり方……？」

「覚えるのが苦手といっていたけれど、覚えられないんじゃなくて、覚え方を身につけていないんだと思う」

「鳴《7》く《9》よ《4》ウグイス平安京とか？」

「それはごろ合わせだろ？　もっと基本的なことだよ。教科書に書いてあることを、どう頭にしまいこんでいいのかわからない」

「そうかも……。いろんなことに気が散っちゃって」

「まさにそこなんだけどね。きみはひと一倍、感受性が高いようだ。どんなことにでも感動する人といっていいと思う。たしかにこの世のあらゆるものは、見方によってはすべて素晴らしく驚異的であることは否定できない。きみはその本質に絶えず驚きをもって接し、存在を確認するたびに心をこめずにはいられない」

「はあ……。そうなんでしょうか」

「私が思うに、高い感受性を持つきみのような人は、暗記が大の得意になるはずなんだ」

「え……？」莉子は目を瞠《みは》った。「わたしがですか？」

「そうとも。私も三流大学出なので偉そうなことはいえないが、いまになって思えば、受験勉強は思春期の終わりの多感なときにあって正解だと思う。感受性の高さが記憶力の高さにつながるからだ。感動を伴う記憶は強い印象を残すんだよ。もっとも、私がそれを学習に応用できるようになったのは、社会人になって以降のことだけれどね」

「おっしゃることがよくわからないんですけど……」

「きみは、学習しようと机に向かうときには、努めて冷静でいようとしているんじゃないかね？　いろんなことに感動する本来の自分を抑えて、クールで理知的な人間でいようとしているんだと思う。けれども、それは間違っている。教科書を読むときには、いつものきみでいることだ。つまり、書かれている内容に感動すべきなんだ。この公式はよくできているなぁとか、なるほどとか、考えた人はすごいとか、どんなことでもいい。自分のすなおな感情に身をまかせることだ。さっき本を読んでいたときのようにね」

「教科書読みながら感動……ですか？」

「ああ。難しく考える必要はない。きみの溢《あふ》れんばかりの情動に従えばいい。感動といっても泣くことばかりじゃないよ。喜怒哀楽、なんでもいいから強い感情を得ることだ」

「でも、教科書も読んで楽しいところばかりじゃないし……。覚えようとしなきゃ覚えられないと思いますけど」

「まさしくそうだ。それでも、記憶に感動を伴わせるのを忘れないように。そして、四割ほど忘れたころに、もういちど同じところを学習すること」

「四割？」

「エビングハウスの忘却曲線とか、記憶に関する本を読みかじったうえで実践してみて、私の納得のいったやり方だ。このさい理屈は省こう。五個覚えたうち、ふたつほど忘れてるなぁと思ったら、復習する。いいね？　五のうち二忘れたら、だ」

「うーん」莉子は唸《うな》った。「このあいだ、就職試験に備えて歴史の本を買ったんですけど……。五のうち二どころか、最初からさっぱり覚えられなくて」

「においを思い描くことだ」

莉子は妙な顔をした。「においって？」

「歴史本に書かれたいろんな情景を想像しながら、そこに漂うにおいを嗅《か》いだ気になるんだよ。すると感動しやすくなる。これも新聞記事の受け売りの知識だが、においと感情は、身体上の機能だとか構造の面で密接な関わりがある。脳のなかで、嗅覚《きゅうかく》をつかさどる嗅脳《きゅうのう》という部位は、感情をつかさどる情動脳と重なっているそうだ。嗅脳は情動脳の発達に貢献をしてきたと考えられている。においを想像すれば、感情が刺激され、そこに付随するあらゆる事柄が記憶に残りやすくなる。鼻はきくほうかい？」

「ええ、ふつうには……。犬ほどじゃないと思いますけど」

「一般的に女性は、男性と比較して嗅覚が均質的で、そのぶん感情のシグナルに敏感だといわれている。きみには向いているはずだよ。想像できるにおいが心地よくても不快であっても、とにかく嗅いだ気になることだ」

これらは、ただの屁理屈《へりくつ》ではない。瀬戸内の経営者としての人生において、知識と実践が重なりあって醸成された理論だった。

瀬戸内は思った。私はいまでも日曜学校の牧師の話を忘れていない。その語り口から、周りの大人たちの反応、教会にただよう香《コウ》のかおりさえも、しっかりと頭に刻みこまれている。

三十代のころ、師走にその一年を振り返って決算書を作成するとき、強い情動を感じた出来事と、その前後に見聞きした事柄についてのみ、克明に想起できることに気づいた。そして、それらには必ず、においの記憶が伴っていた。においがきっかけになって情景を蘇《よみがえ》らせることも多かった。

事業が急拡大していくなか、膨大な商品の仕入れリストを頭にいれることになんら苦を感じない。すべては、感情と記憶の結びつきを知ったがゆえのことだ。体感し、実践してきたからだ。

凜田莉子にも同じ素質がある。いや、彼女の場合はもっと途方もない才能を発揮する可能性がある。彼女の感受性は、私などよりはるかに高いのだから。

莉子の目が輝きだした。「わかりました、やってみます。……でも、教科書って覚えることがたくさんありますよね？　人や物の名前だけでも無数にあるし」

「三つずつ分岐するように覚えることだ。前頭葉が扱いうる物事の区分から考えると、三分割が最も適している。どんなことでもまず、三つのグループに分ける。次に、それぞれの先に三つの分岐をつくり、さらにその先も……という具合だな。歴史だとか地理だとか、どこで三分割するかは自分で決めればいい。なんにせよ、三つに分岐するパラグラフを構成していけば、記憶も想起もしやすくなるものだ」

しばらくのあいだ、莉子は難解な説明を理解しようと神妙な顔で黙りこくっていたが、すぐにあっけらかんとした表情に戻ると、笑顔でうなずいた。「ありがとうございます。やれる気になりました」

……だいじょうぶだろうか。ふと不安になる。いや、この切り替えの速さは、彼女のポジティブな性格の一端だろう。本質的に、彼女は頭のいい女性のはずだ。きっと結果をだせるに違いない。

莉子は腰を浮かせた。「じゃあ、帰ってさっそく実践してみようかな」

「……買い取りは？」

「あ、そうだった……。忘れてました」

ばつの悪そうな顔をした莉子を見て、瀬戸内は思わず笑った。ひとつのことに集中するとほかが目に入らなくなる。もう目的を忘れてしまっているとは。

「ええと」莉子は旅行用トランクを開けようとした。「中身は半分ぐらいが古着で……。洗濯してアイロンはかけてあるんですけど……」

「いいんだよ。開けなくとも。ちょっと待ってなさい」

瀬戸内は立ちあがった。書棚のひとつに向かうと、一番端のファイルを引き抜いた。長年、へそくりを隠すのはここと決めてある。

封筒に入った五万円。瀬戸内はそれを、莉子に差しだした。

「奨学金だよ」瀬戸内はいった。「持っていくといい」

「え!?　でも、買い取りの品を見ていただいてからのほうが……」

「商品の鑑定はまだこれからだよ。いちおう担保として預かっておくけどね。そうだ、一緒にこれらも持っていってほしい」

部屋の隅で埃《ほこり》をかぶっていた古本のなかから、高校生向けの参考書や問題集を手当たりしだい引き抜く。日本史、世界史、地理、生物、化学、古典、現代国語。教科にやや偏りがあるが、いまはこれぐらいでいいだろう。

瀬戸内は莉子に告げた。「きょうから、テレビのニュースは欠かさず観るようにね。社会勉強になる。それと暇を見つけて、これらの参考書で学習するといい。就職試験にも役に立つし、面接のときに話す言葉にも違いがでてくるだろう。あてていど勉強が進んだら、どこかに就職できようができまいが、ここに来るといい。学力が一定水準以上になっていたら、きみの持ち物をより高く買ってあげよう」

莉子は驚きのいろを浮かべていたが、しだいにその大きな瞳に喜びがあふれていった。

「本当にありがとうございます、瀬戸内さん……」

「さあ、急いで帰りなさい。きみがさっき話してた大家さんへの支払いの件、一刻も早く済ませたほうがいいだろ」

「……そうでした。瀬戸内さん、このご恩は一生忘れません。かならず、近いうちにここに戻ってきます」

じゃ、気をつけて。瀬戸内はドアを開けて、莉子を送りだした。

ドアの向こうは商品棚が並ぶ店内だった。莉子は何度も振りかえり、しきりに礼を口にしながら、エントランスのほうに消えていった。

入れ替わるように、楓が歩いてきた。楓はため息をついていった。「儲けにならないことはやらないって約束だったのに」

「買い取りはまた今度だよ。レジも開けてない」

「へそくってあった五万円のことなら、とっくに気づいてたんだけど」

「ばれたか」瀬戸内は苦笑いを浮かべてみせた「どうしても応援してあげたくなってね」

「そればっかり。きょう一日だけで、何十人のお客さんにサービスしたと思ってんの？出費ばかりで大赤字。買い取った物はどれも、たいして売れそうにないガラクタばかりだし」

「いいんだよ。またほかで頑張って稼ぐさ。それでだめなら、私の給料を削る。ああ、もちろん楓のぶんは減らしたりしないよ。従業員の給料は減らさない。バーゲンセールを駆使して、今月中に損失は取り戻すさ」

「無理しちゃって」楓は悪戯《いたずら》っぽく笑った。「いまの凜田莉子って子に大盤振る舞いしたのは、美人だったから？　再婚相手には若すぎると思うけどねー」

「馬鹿をいうなよ」瀬戸内は頭をかきむしった。「故郷の島のために、右も左もわからず上京してきた子だよ。少しぐらい道をしめしてやる大人がいてもいいだろ？」

きょう伝えたことが、凜田莉子にとってどれくらい役立つかはわからない。彼女の能力は未知数だ。それでも、彼女が道を踏み外さず、希望に満ちた将来を歩んでいけるのなら、五万円は高くはない。

牧師にはなれなかったが、人として正しくありつづけたい。若者の明日を信じ、必要とあれば手を差し伸べていこう。それが、しがないリサイクルショップ経営者にできる最良のことだ。

未来

春の日の午後のわりには強烈な陽差しが降り注ぐ。まるで真夏のようだ。

小笠原悠斗はネクタイを緩め、重い足をひきずって歩いた。喉《のど》はからからに渇き、身体もひどく重い。めまいがする。砂漠にひとり取り残されたかのようだ。

足がふらつき、倒れこみそうになる。思わず手を伸ばした電柱に、小さな相撲取りの顔が並んでいた。

……力士シールか。ひさしぶりだな。

懐かしさすらこみあげてくる。万能鑑定士Qという店の鑑定家、凜田莉子と出会うきっかけになった力士シール。あれから何日経っただろう。よく考えてみれば、わずか一週間か。ずいぶん昔のことに思える。遠い過去の記憶のようだ。

世のなかがそれだけ激変したからだろう。そう、いうなればあれはひとつ前の時代の出来事だった。歴史の節目は、ふいにやってきた。いまの日本は、数日前までのわが国ではない。経済大国の神話は崩れた。長きにわたる平和は打ち砕かれた。

力士シールの謎。そんなものは、もうどうでもよくなっている。こんなささいな事象を追いかけていたころが懐かしい。世はそれだけ安泰だったという名残にほかならない。

いまは違う。かつての秩序は存在しない。新しい社会の風潮をなんと呼べばいいのだろう。ニヒリズムか、それともアナーキズムか。なんでもいい。マスコミも力を失っている。批評を言葉に変えるメディアは、いまや意味をなさない。

『週刊角川』も休刊した。事実上の廃刊だろう。もうあの社屋に足を踏みいれることはないかもしれない。制度のうえでは社員であっても、出社の義務はなきに等しい。給料を受け取ろうとも、秩序の崩壊した世では、なんの意味もなさないからだ。

資本主義社会のすべてを支えてきたシステムが消失した。いまの日本はまさに無法地帯だ。

けたたましい音が鳴り響く。警報だった。小笠原が歩いていた国道沿いの歩道に、中年男の叫び声がこだまする。泥棒だ。つかまえてくれ。

ガラスの割れる音がして、コンビニの店頭に無数の透明な破片が飛散した。目だし帽をかぶった男が駆けだしてくる。手にしたバットを振りかざしていた。通行人たちが悲鳴とともに左右に避ける。店主の呼びかけにもかかわらず、泥棒の行く手を遮ろうとする者はいなかった。

小笠原も傍観者のひとりだった。泥棒の気持ちは痛いほどわかる。走り去る彼が小脇に抱えていたのは弁当とカップラーメン、缶コーヒーだ。遅い昼にありつこうというのだろう。許されることではないが、同情はする。事実、腹がへってきた。めまいは暑さのせいばかりではないらしい。

店主は泥棒を追いかけて歩道にでてきたが、別の客による略奪を恐れたからだろう、そそくさと店内にひっこんでいった。

パトカーのサイレンの音はひっきりなしに聞こえているが、距離はずいぶんありそうだった。いまの泥棒がつかまる可能性も低いだろう。警察への出動要請は絶え間なくあるらしいが、一一〇番はひどくつながりにくくなっているときく。所轄警察の通信指令室は停電しがちだと報じられていたし、そもそも警官の出勤率が著しく低下しているからだった。

駅前の商店に群がる人々は、泥棒のことなど眼中にない。高齢者の客を中心に、店の従業員と押し問答に忙しい。

そこかしこで怒号が飛び交っている。激昂《げきこう》し、つかみかかる者もいる。大地震に被災した後でもレジ前に整然と並ぶことで知られた日本人が、ついに怒りを爆発させていた。

無理もないと小笠原は思った。ファストフード店の貼り紙が、状況を物語っている。

チーズバーガーセット、おひとりさま三万二千円。てりやきバーガーセット、五万五千円。お金をお持ちでない方は入店せずお引き取りください。そう大書してある。

車道を行き交うクルマの数は極端に少ない。ほとんどが緊急車両だ。セダンの高級車もときおり見かけるが、よほどの大金持ちなのだろう。それに、いい度胸をしている。いつ暴徒に襲われるか、わかったものではないというのに。

駅前のロータリーでは、空腹のせいか座りこむ人々の姿がある。ホームレスではない。きわめて身綺麗《みぎれい》な、つい数日前までなんの問題もなく過ごしてきただろう社会人たちが、途方に暮れて項垂れている。

タクシーは放置車両も同然だった。三角窓に記された初乗り料金の上にガムテープが貼られ、新たな料金に訂正してある。初乗り、四万五千円。むろん利用客などいない。運転手は強盗を恐れてか、クルマに施錠をして姿を消している。何台かのフロントガラスは割られていた。被害届すらだしていないのか、その状態のままロータリーに駐車してある。

なりふりかまっていられなくなったのか、一部の人々はゴミ箱をあさりだしていた。その隣りでは、拾い集めたとおぼしき雑誌類を路上に並べて売っている人がいる。『週刊少年ジャンプ』の今週号はぼろぼろになっていたが、六万円の値がついていた。ここでも商品を持ち去ろうとする客と、店主のいざこざが起きている。あこぎだ、と怒鳴る声が小笠原の耳にも届いた。

小笠原は周りの人々と同様、黙って通り過ぎた。もう俺は雑誌記者ではない。どこの誰が雑誌を商品として扱っていようと、関心を持つには至らない。

駅舎に入り改札前に近づくと、そこにはさらに腐敗した光景が広がっていた。いまだ料金を値上げしないJRの駅には、異常ともいえる数の乗客が押し寄せごったがえしていた。清掃する者のいない床はごみがあふれ、まるでインドのようだ。

ATMにも長い列ができていた。先頭の男が怒鳴り声をあげている。「なんでいまだに限度額が二十万円なんだ。これじゃ弁当三個しか買えやしねえ!」

駅舎の反対側の出口前には、迷彩服の自衛隊員の姿があった。大きなタンクを備えたトラックが停まっている。飲料水の配給用車両だろう。自衛隊員は声を張りあげていた。きょうの配給は終了しました。次の配給は明日の午後一時からです。

からのバケツを持った主婦らしき女が自衛官に食ってかかる。朝から並んだのに、そう怒鳴っている。主婦に加勢する一般人の群れがたちまち膨れあがる。自衛官らも続々と集まってきて、騒動の鎮静化をはかろうとしている。

どこに目を向けても争いばかりだ。まともといえる人の営みはどこにもない。

いや、現実には、こういう光景は地球上のいたるところにあった。ただ、この国には無縁と思われていた。それだけの話だ。よく考えてみれば、それら貧しい国と地続きの世界に生きている以上、こうなる可能性は常にあった。日本人が豊かな暮らしをつづけられる保証など、最初からありはしなかった。金持ちが一夜にして財産を失うことがあるように、金満国の没落もありうる。

日本はそうなった。治安も秩序も失われ、アジアの極貧国と化した。

足もとをハンカチが舞っていた。色鮮やかな刺繡《ししゅう》入りのシルク。小笠原はその場に膝《ひざ》をつき、ハンカチをつかんだ。

有名な輸入物のハンカチだった。柄は記憶しているが、どこのブランドかは判然としない。エルメスだったか、それともヴィヴィアン、ラルフローレンか……。

凜田莉子なら、すぐに答えをだすだろう。いまの彼女なら、このハンカチにどれくらいの値をつけるだろうか。

尋ねてみようにも、それはかなわなかった。万能鑑定士Qの店舗は、シャッターに閉ざされている。彼女の故郷、波照間島に帰ったのだろう。つぶらな瞳《ひとみ》が魅力的だった莉子。いま、彼女はなにを見つめているのだろう。どんな思いがよぎっているのだろうか。

ひとつだけはっきりしていることがある。すべては過去だ。遠き前時代の思い出。二度と戻らない日の出来事……。

ひときわ強く吹きつけた風が、小笠原の手からハンカチを奪いとった。ハンカチは無数の紙くずとともに駅舎のなかを舞い、雑踏のなかに消えていった。

北まくら

この春まで沖縄の高校生だった、十八歳の凜田莉子は、学校ではほとんど勉強をしてこなかったらしい。しかし、その学業の遅れも今年じゅうには取り戻すだろう。

チープグッズ社長の瀬戸内陸は、本店の事務室で莉子の二度目の面接をおこないながら、その確信を深めていた。

白のワンピースにベージュのカーディガンを羽織って現れた莉子は、以前よりも都会的であかぬけたように見えた。知性は外見に影響を及ぼす。前とは違い、新たに獲得した知識を披露する彼女は堂々としていて、まさに異彩を放っていた。

莉子は、瀬戸内が質問した歴史の問題に答えていた。壁ぎわに立ち、マリー・アントワネットの生涯について雄弁に語った。「……ので、彼女はルイ十六世の即位を受けてフランス王妃となりました。一七七四年のことです。その後の彼女はベルサイユの伝統的な儀式や、堅苦しい習慣を簡素化していきます。それまで誰も王妃に物を直接手渡しできなかったのが、ルイ十六世の即位後は可能になったんです。ほかにも朝の接見にまつわる複雑な儀礼が、きわめてシンプルな段取りになりました。かつての王妃は……」

その語り口は、前回の面接で彼女の上京に至るまでの過程や近況を話してくれたときと同じく、情緒豊かなものだった。一言一句に心がこもっていて、すべての知識になんらかの感情が伴っているのがわかる。王妃の結婚生活を語るときには顔がほころび、パリ市民の中傷がひどかった旨を口にするときには神妙な表情になった。莉子は、参考書を楽しんで読んだに違いなかった。彼女は学習という重圧から解放され、自由な情動とともに情報を吸収するすべを身につけた。

たいしたものだと瀬戸内は内心、舌を巻いた。前回の面接からわずかひと月。感情を伴う記憶というヒントたったひとつで、彼女は大きく変わった。まるであらゆる知識を吸い取るスポンジのような頭脳だ。

莉子はマリー・アントワネットの演説をしめくくろうとしていた。「亡くなった彼女の遺体は、夫ルイ十六世と一緒に、共同墓地となっていたマドレーヌ寺院に葬られました。けれどもその後、彼女の名誉は時とともに回復し、二十二年の時を経て、サン＝ドニ大聖堂へと改葬されました。ナポレオン一世の命令によるものと記録されています」

しばしの沈黙のあと、莉子はわずかにこわばった微笑を浮かべて、小声でつぶやいた。

「終わりです」

瀬戸内は拍手をした。

「素晴らしいよ」と瀬戸内は心からいった。「あの小難しい歴史の専門書も、きみにかかると楽しい読み物になりうるんだな。たいしたもんだ」

「……どうも」莉子は恐縮したように、小さく頭をさげた。「瀬戸内さんが指導してくださったおかげです」

知性が備わるとともに、性格も控え目になってきたらしい。以前よりはずっと大人っぽくなったように思える。

けれども、彼女の学習法にはまだ多くの課題がある。瀬戸内は告げた。「ひとつ別の質問をしてみたい。ずっと簡単なことだけどね。首都圏、一都六県をすべて挙げてくれないか」

とたんに、莉子はあわてたようすで口ごもった。「ええっと……あのう……。東京都、ですね。それから横浜県……」

「神奈川だろ」瀬戸内はため息をついてみせた。「地理の参考書も渡したはずだろう?」

「すみません……。最後まで読んだんですけど、頭に入らなくて」

「テレビのニュースは観ているかい?」

「はい。いちおう」

「最近はどんなことがあった?」

「フロリダにハリケーン〝カトリーナ〟が上陸しました。ローマ法王ヨハネ・パウロ二世が亡くなり、新ローマ法王ベネディクト十六世が即位しました。マイケル・ジャクソンは裁判で無罪判決を……」

「ストップ。そこまででいい。じゃあ生物の参考書に載っていた問題だけど、リンネが考案した階層を五つ挙げてくれないか」

莉子は困り果てた顔で、大きな瞳をしきりに左右に移動させて考えあぐねていたが、やがてささやくようにいった。「ごめんなさい……」

「謝ることはない。当然のことなんだ。私はきみに、喜怒哀楽を感じながら覚えろといった。歴史やニュースのように、物語性に溢《あふ》れた事象が暗記事項になっていれば、これはたやすい。問題は、ただむやみに名称や記号を頭に叩《たた》きこまねばならん場合だ。いいかな。そういうときには、どこか身体の場所に当てはめて覚えるといい。五つなら、五本の指がある。さっきの問題の答えだけど、界、綱、目、属、種だ。親指を界、人差し指を綱……というように、それぞれ対応させればいいんだよ。そうすれば、指を見るだけで思いだせるようになる」

莉子は深刻な顔になった。「そうでしょうか……。ごろ合わせにもなっていないのに、当てはめる意味があるんでしょうか？」

「それが、あるんだよ。脳の海馬には〝場所ニューロン〟ってものがあるそうだ。この場所ニューロンはその名のとおり、場所の記憶を司る。場所の記憶は動物にとって重要だ。だから、長期記憶に保存されやすい性質を持っている。ごろ合わせでなくても、場所に当てはめて記憶することで、忘れにくくなるんだ」

「はあ、そうなんでしょうか……」

「私は陳列棚の商品を場所とともに記憶してる。日々実感することだよ。きみは地理も苦手のようだけど、脳に場所ニューロンの働きがある以上、地図は絶対に覚えられる。そこに住む人の感情も想像しながら覚えるといい。そして、場所に関係しない暗記事項は、なんでもいいから場所に当てはめることだ」

しばし莉子は目を閉じ、指導内容を頭に刻もうとしているようだった。やがて目を開けると、にっこりと微笑んでうなずいた。「やってみます」

「その意気だ。ところで、就職はまだ決まっていないのかな？」

「はい……。だんだん求人も減ってきてて」

「あわてずにこつこつやることだ。夜はよく眠れているかね？　勉強のしすぎもよくないよ」

「眠りは浅いかもしれません。アパートの部屋が狭くて、靴脱ぎ場のほうに頭を向けてるから……。廊下の足音で目が覚めたりもします」

「なら逆向きに寝ればいいだろう」

「そうすると北まくらになっちゃうんです」

瀬戸内は膝《ひざ》を叩いた。「なおさら、そのように寝るべきだ」

「え？　北に頭を向けて寝るんですか？」

「ああ。頭が北に向いていれば、地球の磁気を脳に取りこみやすくなる。頭がよくなるともいわれているし、安眠にもつながる」

「それって本当でしょうか？」

「さあね。昔、予備校の先生にきいた話だ。受験勉強に必死だったころには、なんでもやってみようって気になったもんだ。……ところで、きみの持ちこんだ品物だけどね」

莉子はふいに緊張した面持ちになった。「どう……でしたか？　値段のほうは……」

「旅行用トランクが一万、古着が二万、雑貨が三万。しめて六万で買い取らせてもらうよ」

「ほんとに？」莉子は喜びをあらわにした。「やったぁ！　……でも、だいじょうぶなんですか。そんなに高く……」

「心配はいらないよ。バラでは価値が低くても、テーマ別にまとめれば魅力的な商品になる。旅行用トランクは、在庫の旅グッズと一緒にしてセット販売する。沖縄がらみのTシャツや小物は沖縄コーナーに陳列する。収支トントンにはなるよ」

「だけど、儲《もう》けがでないことには困るでしょう?」

「高価買い取りキャンペーンの一環だよ。私が好きでやっていることだから、きみは不安にならなくてもいいんだよ。もっとも、高く買い取った物はそれなりに高い値をつけて商品化するから、なかなか売れなかったりもするけどね」

「瀬戸内さん……。申しわけありません。わたしのために……」

「面接で高価買い取りをしたお客さん全員に対してやってることだ。とにかく、一日も早くいい職場に就職できるように、勉強頑張ってくれ。応援してるよ」

「はい。本当にありがとうございます、瀬戸内さん」

「前に五万円渡しているから、ええと」瀬戸内は、レジを開けて一万円札を一枚引き抜き、莉子に渡した。

莉子はそれを受け取り、深々と頭をさげた。嬉《うれ》しさのあまり、涙がにじんだらしい。目もとを指先でぬぐって、さらに何度も礼を口にしながら、事務室を後にしていった。

その姿を見送りながら、瀬戸内は思わず顔がほころぶのを感じた。

若者の成長を見届けるのは、気分がいい。なにより彼女は、私の助言を実践し、学習に生かしてくれている。きっと近いうちに、素晴らしい就職先を見つけることだろう。

また買い取り額を高くしすぎてしまった。それでも後悔はない。彼女の人生はまだ始まったばかりだ。あの醇朴《じゅんぼく》さはそのままに、幅広い知識を身につけてほしい。どんな分野に就職するかはわからないが、きっと第一線の人材になりうる。

その夜、莉子は枕の位置を変えた。靴脱ぎ場のほうではなく、反対側に置く。

北まくらかぁ。寝そべりながら莉子は思った。おばあは縁起でもないとしかめっ面になるかもしれない。けれども、あの社長の話が本当なら、これで少しは頭がよくなる可能性がある。そこまでいかなくても、よく眠れるだけでも儲けものだ。

仰向けに寝ながら、莉子は右手を顔の前にかざし、五本の指を眺めた。

リンネが考案した五つの階層。親指から順に、界。綱。目。属。種……。

へえ。莉子は思わず感心した。覚えているものだ。

場所に絡めて名称を覚える……か。できるような気がしてきた。明日以降、白地図にもトライしてみよう。都道府県ぐらいは頭に入るかもしれない。

右手を掛けブトンの上に投げだした。

明日は渋谷区の携帯電話販売会社の面接だ。朝七時には起きよう。

電話……。ずっと実家とは連絡をとっていない。お母さんやお父さん、おばあは元気にしているかなぁ……。

目を閉じると、疲れのせいかもう半分夢を見ているように感じられた。波照間島、ニシ浜の透き通った青い海が浮かんでくる。頬を撫《な》でていく潮風、遠くに聞こえるフェリーの汽笛……。

北まくら、どうやら安眠効果は抜群らしい。莉子はそう実感し、すぐに眠りにおちた。

明日はきっといいことがある。その素朴な願いを胸に抱きながら。

手描き

小笠原悠斗は上機嫌だった。

万能鑑定士Qなる店舗を経営する、凜田莉子という女性と知り合ってから、わずか一時間しか経っていない。

にもかかわらず、このような美人と一緒に、春の陽気な午後に都内を散策できるのは、喜ばしいことに違いない。あのガードレールの波板を彼女のもとに持ちこまなければ、いまの俺はこんな境遇になかった。

力士シールの貼られた現場を実際に見たいという彼女の希望に従って、外にでた。そこかしこにある力士シールを見つけては静止して、しばし観察にふける。

いまも飯田橋駅東口のガード下で足をとめた莉子は、鉄柱を見あげていた。

「ここにもある」と莉子はいった。「縦に五枚、横に六枚の三十枚かぁ……。どれも表情が違ってる。顔が左右対称になってるものと、そうでないものとがある」

小笠原はぼんやりと莉子の横顔を眺めていた。

芸術に関する知識が豊富なのは当然として、美意識も充分に備わっているらしい。しかもセンスがある。店でも思ったが、パープルでまとめたファッションは彼女のクールかつ個性的な顔と、長身のプロポーションにぴたりと合う。いまも街角にたたずむモデルを描いた絵画を鑑賞しているかのようだ。どのような風景にも溶けこみ、絵になる。おそらくこの女性が同席しているだけで、室内にいるほかの全員が彼女を無視できない心境になるだろう。それぐらい強烈な存在感を放っている。

莉子がちらとこちらを見た。「小笠原さん」

「あ、はい」小笠原はそそくさと駆け寄った。

「またメモをお願いできますか」莉子はハンドバッグから取りだした定規を、鉄柱の力士シールにあてがった。「縦七・五センチ、横十・五センチ。サイズはほかの場所に貼られていた力士シールとまったく同じ。位置から察するに、身長百五十センチ以上、百七十センチ以下の人物が貼ってる。なるべく雨風がシールに当たらないよう、軒があったり、凹面の壁を貼る場所に選んでいるみたい。ほら、ここでもH形の鉄柱の内側だけに貼られていて、向こうの円柱型の街路灯には貼ってない」

「ってことは」小笠原は手帳にペンを走らせた。「それなりに長持ちするように貼ってるってことだな」

「ただの悪戯《いたずら》よりは、長期にわたって人目に触れさせようって意図が感じられるわね」莉子は人差し指の爪の先でシールの縁をこすった。「両面テープじゃなくて糊《のり》ね。剝《は》がれにくい接着剤を使ってる。違法チラシと同じく、ブラシで広範囲に接着剤を塗って、その上にシールを貼りつけてるみたい。つまり正確にはシールではなくて紙にすぎないわけね」

「けさ会った区役所の人も苦労してたよ。剝がそうとしてもぼろぼろになっちまうって。あれかな、電気料金の請求のハガキとか、一度剝がしたら戻せない糊が使ってあるだろ。同じ成分だったりして」

「全然違うわよ。あの種のハガキには、接着剤も糊も使われてないし」

「え？　そうなの？」

「ハガキの表面に乾燥剤の細かい粒子を塗って、凹凸状にしてあるの。それを七十五トンの力でプレスすると、凹凸が嚙《か》み合って、ぴたっと接着するのよ。だから一度剝がしたら、ふたたび七十五トンの力で圧着しないかぎり、元に戻らない」

「へえ……。きみはやっぱり物知りだね。どこの大学出身なの？」

莉子の笑みはかすかにこわばった。「出身は……沖縄県」

ふたりのあいだに沈黙がおりてきた。通過する電車の音がガード下にこだまする。もの音はそれだけだった。

失礼に思われただろうか。いきなりプライバシーに立ちいるような質問はまずかったかもしれない。

だが莉子は、気にしたようすもなくルーペを取りだすと、力士シールを凝視した。「耐水性の紙じゃないみたいだけど、なんらかのコーティングが施してあるのかしら。インクのにじみぐあいでプリンターの種類は判別できることがあるけど……」

小笠原は頭をかきむしった。彼女の気を惹《ひ》こうとすること自体が間違いだ。俺は何をやっているのだろう。凜田莉子は依頼された仕事に集中しているのに、俺ときたら職務に不誠実な態度ばかりだ。

しばらくルーペを覗《のぞ》きこんでいた莉子が、視線をこちらに向けてきた。「これ、手描きね」

「手描き?」小笠原は驚きを覚えた。「印刷じゃないのか?」

「ペン先にインクをつけて、引っ掻《か》くように描いてある。スミは墨汁のべた塗りね。下書きの鉛筆の跡と、消しゴムをかけた形跡もある。こっちの絵にはホワイトの修正も……。漫画家さんかイラストレイターさんかな」

「何千枚もひとりで描いたってのかい? そりゃ、たしかに力士シールは何年もかけて貼られる範囲が広がっていったし、一日に十枚ぐらい描けば五年ぐらいでこの量にはなるとは思うけど……。そんな奇特な奴がいるかい？　売れてない漫画家が売名行為とか？」

「そこなんだけどね」莉子は力士シールに向き直った。「絵のセンスは悪くないしデッサンも正確。描きなれている人だとは思うけど……」

「待ってくれ。センスが悪くない？　これが？　無表情の肥満体の顔に、どんな美的センスが？」

「不気味さや異様さは意図的なものよ。つまり計算されたインパクトだってこと。描き手はかなり巧くてペンも速くて、プロかもしれない。けどね、どうも妙なんだよねぇ……」

「なにが？」

「ほら、このシールの絵は、頬の下に横線を描きこむことで、膨れた顔を表現してる。目《め》尻《じり》にも独特のしわがある。けれども、こっちを見て。このシールの顔は目尻のしわがなくて、代わりに吊《つ》りあがった長い眉《まゆ》を描くことで、似た印象の表情になりえてる。頬の下に横線はなくて、輪郭を膨らませている」

「顔はシールごとに違っているよ。手描きならなおさらだ」

「そうだけど、いま挙げたのは表現方法の違いなの。力士シールはここに貼られている物も、ほかの場所の物も、大きくわけて二種の描き方に分かれている。道具も違っているの。

こっちはGペン、そしてこっちはカブラペンを使ってる」

「どういうことだ？」

「あくまで印象にすぎないけど、ふたりの描き手がいるみたい」

「ふたり……」小笠原は息を呑《の》んだ。「力士シールは共作ってわけか？」

「ちょっと違うなぁ。力士シールが百枚あれば、だいたい五十枚ずつ、ふたりの描き手によって作られてるってこと。共通する表現方法もあるけど、あきらかに異なるテクニックが用いられてる。どちらかいっぽうが先に描いて、もういっぽうが真似をして描いたんじゃないかしら。あくまで推測だけど……」

「ああ。模倣犯説なら、たしかにこれまでにも取り沙汰《ざた》されてるよ。なにしろ爆発的な枚数の増加だからね。最初に力士シールを貼っていた人はとっくに足を洗っていて、その後は別の人間が引き継いだんじゃないかともいわれてる。でも、オリジナルと模倣犯のふたりだけかい？」

「絵柄から察するに、それは間違いないと思うの。問題はどっちがどっちを真似たかよね」

「たしかに。それがわかれば、オリジナルの力士シールの製作者が何者なのか、解明に一歩近づくな。どちらが模倣か鑑定できるかい？」

「うーん」莉子は唸《うな》った。「どっちも完成された技法だからね……。あ、そうだ」

莉子はハンドバッグから携帯電話を取りだした。

小笠原はきいた。「誰に連絡するの？」

「氷室《ひむろ》さんって人。科学鑑定はうちの店じゃ無理だから」莉子はそういいながら、メールを打ちはじめた。

妙に気になって、小笠原はたずねた。「氷室さん……どんな人？」

「氷室拓真《たくま》さん。早稲田大学の理工学部、物理学科の准教授」

「……男の人かい？」

「拓真さんって名前の女の人はいないでしょ」

「まあ、そうだね」と小笠原は笑ってみせたが、莉子は目もくれず、メールを打つのに忙しかった。

メールアドレスを交換している男がいるのか。いや、あくまで仕事上の関係かもしれない。俺のほうも、取材のことで今後連絡を取り合いたいといえば、同じことが可能だろう。申しいれるのなら、早いほうがいい。彼女が携帯を手にしている、いまこの瞬間こそ狙い目だ。

小笠原はポケットから携帯電話を取りだし、莉子がメールを打ち終わるのを待って切りだした。「メアドを……」

だがその言葉より一瞬早く、莉子がこちらを見ていった。「これでよし、と。氷室さん、早稲田にいるならすぐ飛んできてくれるだろうし。じゃあお店に戻りましょう」

「そうだね……。早稲田近いしね……」

おずおずと携帯電話をしまいこみ、小笠原は莉子につづいて歩きだした。自分の勇気のなさが嫌になる。と同時に、すでに知り合いになっている氷室なる男が羨《うらや》ましくて仕方なかった。

俺も十代のころから彼女と知り合っていれば……。いや、駄目だ。十八歳の凜田莉子はすでに輝ける才女であったはずだ。一流大学への進学をきめて順風満帆な時期に違いない。俺など洟《はな》にもひっかけてくれなかっただろう。

莉子が振り返り、小笠原にきいてきた。「どうかした？」

「いや、べつに……」

冷や汗をかきながら、莉子に歩調を合わせる。仕事に集中しようとしても、どうしても彼女のことが気になる。想像に頭を働かせてしまう。

十八歳の凜田莉子。どこで、どのように暮らしていたのだろうか。

正社員

十八歳の暑い夏の日、凜田莉子は渋谷区道玄坂のファーイースト・ツーリスト社の研修センターにいた。

いまだ春物のスーツを着ているのは莉子だけだった。まわりの女たちは、全員が季節にふさわしいビジネスウェアに身を包んでいる。さいわいなのは、誰も莉子の服装に注意を向けないことだった。他人を気にする余裕など、この場にはない。

旅行業界は深刻な人手不足に陥っているらしく、ファーイースト社も臨時のツアーコンダクター候補を募集していた。スポーツ観戦ツアーに強いこの会社は、来年ドイツで開催されるFIFAワールドカップ向けの添乗員を、多く育てる必要に迫られているという。

雇用の理由や目的がなんであるにせよ、これは春の就職を逃がしたわたしのような人間にとって、降って湧いたチャンスに違いない。

そう信じて履歴書を提出し、研修と面接を兼ねた就職試験に乗りこんだものの、状況は甘くはなかった。五人の女性添乗員の募集に対し、この室内には百人以上がひしめきあっている。ほとんどが莉子よりも年上のようだった。大卒の参加者も多いのだろう。ずらりと並んだパイプ椅子に姿勢正しくおさまるライバルたちを眺めるうちに、これが入社式だったらなぁ、と思わずため息をつきたくなった。

それでも、これまでの三か月間、仕出し弁当のアルバイトでなんとか食いつないできた甲斐《かい》はあった。莉子は闘志に燃えていた。自信もある。以前なら、就職試験の会場で教官が喋《しゃべ》る言葉はちんぷんかんぷんだったが、このところの勉強のおかげで、きょうの女性指導員の説明は手にとるように理解できている。

旅客機のフライトアテンダントのように、すらりと伸びた長身の女性指導員が、ホワイトボードの前でテキストを読みあげていた。「そのお客様は、グリーンランドでの三週間の滞在を希望しておられました。氷床を観察したいとのことです。滞在中は、亜鉛や鉄、金、銅、石炭、氷晶石、ウラン、プラチナ、モリブデンといった現地の資源採掘現場を見学したいともお考えで、それらの設備に近いディスコ島にある宿泊施設にチェックインしたいとのことです。窓の外からは海が一望できます。お客様は青空のもと、アザラシやクジラの写真撮影ができそうだと楽しみにしておられます」

周りの女たちは真剣にその声に聞きいっていた。メモを取っている人も少なくない。

莉子は胸にひっかかるものを感じていた。女性指導員の説明には二か所ほど、腑《ふ》に落ちないところがある。

すると女性指導員はテキストを閉じていった。「弊社はこの宿泊施設へのチェックイン手続きもおこなうことができ、お客様が希望しておられる見学先にもツアーを派遣できます。もちろんグリーンランドへの渡航も、日本への帰路も問題ありません。にもかかわらず、弊社担当者はお客様のご希望をうかがった直後、それは無理であると判断しました。どこが問題だったか、みなさんにおわかりですか？」

室内はしんと静まりかえった。女性指導員が眺め渡すと、目を伏せる人もいる。

女性指導員は微笑とともにため息をついた。「わが社のツアーコンダクターになるためには、これぐらいのことが即答できる知識が必要です。肝に銘じておいてくださいね。いいですか。いまのお客様のご希望の問題点は……」

莉子はとっさに手をあげた。「はい！」

室内にいる全員がこちらを見た。前方の席の人々は身体ごと振り返っていた。誰もが異様な顔をしている。

それらの視線にさらされ、莉子はさすがに萎縮《いしゅく》した。

まずかったのだろうか。八重山高等学校では、質問の答えがわかったときには元気よく手をあげる、そう教わっていたのだが。

沈黙のなかで、女性指導員がこちらをじっと見つめてきた。「あなた、お名前は？」

「り」緊張のせいか声が震える。莉子は笑顔をつとめた。「凜田莉子です」

「そう。凜田さん。問題点がわかったの？」

「はい。……ディスコ島は北緯七十度よりも北にある北極圏です。夏は白夜、冬も夜ばかり。ですから、青空のもとアザラシやクジラを撮影したいというご希望は、残念ながら果たせません」

女性指導員の顔つきが変わった。

室内にざわめきが広がっていく。誰もが目を丸くしてこちらを見ていた。

やがて女性指導員は、神妙な面持ちでたずねてきた。「問題はそこだけ？」

「いえ」莉子は答えた。「グリーンランドの最北部は空気が乾燥していて雪が降らず、大地も氷に覆われることはありません。氷床の観察には不向きです」

「……おもしろい」と女性指導員は真顔でつぶやいた。「あなたが弊社の窓口業務だった場合、お客様にどう説明しますか」

「ええと……。北極よりも南極をおすすめします。オーストラリア大陸の南端に滞在すれば、南極大陸の氷床を船で見学できます」

女性指導員は踵《きびす》をかえし、ホワイトボードのわきにある世界地図に歩み寄った。

メルカトル図法の世界地図を指さして、女性指導員は莉子にきいた。「なら、凜田さん。あなたはお客様にこの地図をお見せして、オーストラリアはいかがですかとおすすめした。でもお客様は難色をしめされました。グリーンランドの広大な景色が見たい、オーストラリアは狭すぎる、お客様はそうおっしゃいました。あなたは何と答えますか?」

「その地図で見るかぎりグリーンランドのほうが広いように思えますが、実際にはグリーンランドは、オーストラリア大陸の三割ていどの広さしかありません。メルカトル図法の地図は極地に近いほど実際の面積比率よりも拡大して掲載します。お客様はそれを見て、グリーンランドが非常に広いと錯覚されている可能性があります。なので、面積がありのまま対比できる世界地図をお見せして、ご説明差しあげたいと思います」

「素晴らしい!」女性指導員が甲高い声を発すると、周りがいっせいにどよめいた。

莉子は思わず顔をほころばせた。

やっぱりそうだった。わたしが感じた疑問は正解だった。

ざわめきのなかで、女性指導員はきいてきた。「あなた、ずいぶん若いみたいだけど、じつは見た目に反してベテランとか? 中途採用希望?」

「いいえ……。旅本で予習してきただけです」

「ほんとに？」

「はい。募集要項に、なるべく旅行関係の本を読んでくるようにと書いてあったので」

「ふうん」女性指導員は目を輝かせた。「じゃあ、凜田さん。これはどうかしら。ヨーロッパでツアー中に、複数のお客様が食事について不満を訴えてきた。日本食専門のレストランに行ったのに、ひどくまずいとおっしゃる。そのお店の板前さんは日本人で、かつて日本国内では優秀な料理人として名を馳《は》せていた。お客様の不満の原因はどこにありますか？」

「水です」莉子は即答した。「ヨーロッパの水はカルシウムやマグネシウムが多く含まれた硬水です。イギリスの水は比較的硬度は低いけどミネラル分が多い。ですからヨーロッパの料理は、野菜からでる水分を利用したり、ワインや牛乳を加える場合が多いんです。スープストックも牛や鶏、豚に含まれるコラーゲンでミネラルを除去するのが目的です。その板前さんは日本にいたときと同じ感覚で、水をそのまま使ったため、味が変わってしまったんです」

「ご名答！」女性指導員はもはや興奮状態のようだった。「知識だけじゃなく応用力もあるみたいね。暗記力はどうかしら。……ええと、そうね。タイの首都。一般的にはバンコクと呼ぶけど、正式名称は？」

莉子は息を吸いこんで肺に空気をためてから、一気に告げた。「クルンテープ・マハーナコーン・アモーン・ラタナコーシン・マヒンタラーユタヤー・マハーディロックポップ・ノッパラッタナ・ラーチャターニー・ブリーロム・ウドム・ラーチャニウェート・マハーサターン・アモーンピーマン・アワターンサティト・サッカタッティヤ・ウィサヌカム・プラシット」

今度のどよめきは、ビルを揺るがすほどのものだった。室内の全員が拍手した。女性指導員も信じられないというように、首を横に振りながら手を叩《たた》いた。

こんな状況になるなんて。莉子は高揚する気分を抑えられなかった。だから図書館に閉じこもって本ばかり読んでいた。アルバイトの時間以外、暇を持て余していたうえに、節約する必要があった。チープグッズの瀬戸内社長に教わった学習のこつによって、覚えるのが早くなっていることは気づいていた。けれども、ここまで大勢の人々を驚かせるなんて。

もしかして、今度こそ決まるかもしれない。憧《あこが》れの就職。正社員……。

女性指導員は弾む声でいった。「あとはもう、現地でのスケジュール管理の能力ぐらいね。聞くだけ野暮だけど、凜田さん。エジプトのナイル川を複数の渡し船が行き来してるとします。すべての船が行きも帰りも同じ速さで進むとして、十分おきにすれちがうのなら、一時間ごとに何隻が向こう岸に到着しますか?」

ふいに莉子は、時間がとまったように感じた。

頭が真っ白になるとは、まさにこのことだった。言葉がでてこない。声にならない。

いや、実際には、現地のようすだけは想像できる。砂漠のなかに伸びる雄大な川、そこを無数の船が横断している。川岸に待機しているラクダや、船を埋め尽くす観光客の姿も思い浮かぶ。

けれども、数字にはまるで思いが及ばない。彼女は何といっただろう。十分……いや、一時間だっけ。一時間に何隻到着するか。わかるのだろうか、そんなことが。

戸惑いはしどろもどろな態度となって外面に表れていたのだろう、女性指導員は落胆の表情を浮かべた。「ほかに誰か、わかる人いますか」

すると、ほとんどの女たちが声を揃えてつぶやいた。三隻。

「そう、三隻です」女性指導員はうなずいた。

どうやって答えを導きだしたのだろう、莉子は衝撃を受けた。やはり周りは大卒だらけのようだった。莉子にとっての難題をあっさりと解き明かしている。

こんな簡単な問題、とでもいいたげな表情で女性指導員はいった。「いうまでもなく、スケジュール管理はツアーコンダクターにとって重要な課題です。時間の経過を正確に把握するためにも、数学の応用力は有していなければなりません。ええと、凜田さん」

「あ……はい」

「残念ね。でも、あなたの知識は本当に素晴らしかったわ」

莉子は、胸に風穴をあけられた気分だった。

女性指導員の言葉は、事実上の不採用通知だった。面接が始まる前に落とされてしまった。

琥珀《こはく》

蝉のすだく声がこだまする夏の日の午後。瀬戸内陸はアンティーク風のサイドテーブルをエタノールで磨いていた。

チープグッズ本店ビルの裏手、三階。張りだしたバルコニー。ここならにおいも充満しないし、直射日光のおかげで塗ったエタノールもすぐ乾く。

社長とはいえ安楽椅子に腰かけられる立場ではない。従業員は売り場にまわし、在庫の手入れは自分でする。チープグッズはリサイクルショップとしては大手かもしれないが、法人としては中小企業にほかならない。省ける人件費は省く。お客のためを思えば、これぐらいの仕事、しんどいとは思わない。開店当初はすべてひとりでこなしてきたのだから。

単調な作業ではあるが、ちょっとした楽しみもある。裏路地で遊ぶ子供たちの声だった。いまも小学校低学年ぐらいの男の子と女の子が、しりとりをして遊んでいるのが聞こえる。

女の子がいった。丸太。男の子がかえす。タヌキ。

瀬戸内はちらと路地を見下ろした。下校途中のふたりの児童は、ビルの裏手で立ちどまってランドセルを地面に置き、しりとりにふけっている。前にも見かけた光景だった。負けたほうが勝ったほうのランドセルを運ぶ取り決めらしい。のどかな光景だった。少子化著しい都会の一角、子供の声は瀬戸内にとってなによりの清涼剤に思えた。

さて、きょうはどちらが勝つかな。瀬戸内は作業をつづけながら耳を傾けた。

女の子が告げた。きゅうり。男の子がかえす。リボン。

「ん、っていった」女の子の歓声が響く。「ユウくんの負けね」

きょうは男の子の負けか。

そう思ったとき、路地から聞き覚えのある若い女の声がした。「まだ負けじゃないわ。ンザンビ」

妙に思って、瀬戸内は路地に目を向けた。

いつの間にか凜田莉子が来ていた。まだ春物のスーツを着ている。ということは、きょうも就職活動だったか。

莉子は子供たちに笑顔で告げていた。「ンザンビ。アフリカ南部、アンゴラのバコンゴ民族の全知全能の神。ゾンビの語源」

瀬戸内は唖然《あぜん》とした。ゾンビの語源って……。

子供たちもすっかりひいてしまったらしく、ふたりとも笑みを凍りつかせながら後ずさりした。

ところが莉子は空気が読めていないらしく、なおも男の子にいった。「ほら、いったほうがいいわよ。ンザンビ」

男の子は仕方なく、ンザンビとつぶやいたようすだったが、女の子のほうは薄気味悪く感じたらしい。脱兎《だっと》のごとく逃げだした。男の子もそれを追って、あわてたように走り去っていく。

莉子は驚いたようすで声をあげている。「ああ……ちょっと」

瀬戸内は思わず苦笑し、路地に声を張りあげた。「凜田さん！」

こちらを見あげた莉子は、当惑顔から一転して笑顔になった。「瀬戸内さん。おひさしぶりです」

「ああ。三か月ぶりぐらいか。勉強して物知りになるのは結構だけど、いきなり子供相手にンザンビはないよ。なんていうか、不気味だよ」

「えー。そうかなぁ」莉子はあっけらかんといったが、すぐにその顔に憂いのいろが浮かんだ。「でも、そうかも……。いろいろ覚えただけじゃ、社会人にはなれっこない」

「どうした? めずらしく落ちこんでるのか? まあ、上がってきなさい。事務室の裏の階段を使うといい」

莉子はうなずいて、店のなかに入っていった。

サイドテーブルをひっくりかえし、裏面を磨きはじめる。手は休ませないが、思考は凜田莉子のことに費やしていた。そうか。また就職試験は駄目だったのか。そろそろ心配になってきた。

彼女の頭のよさは天性のものだろうが、才能の役立て方がわからず持て余しているようだ。勉強を始めたのはごく最近だから、仕方がないのかもしれない。知識が広範囲におよぶのはいいことなのだが。

サッシの戸口から、莉子がバルコニーにでてきた。「こんにちは……」

「きょうはどうしたんだね。何を持ってきたの?」

「いえ。もう売るものはなくて……」

「そうか。就職のほうも、苦戦してるみたいだね」

莉子の笑顔に翳《かげ》がさした。「ツアコンの会社にいってきたんですけど、駄目でした」

「おかしいな。あれからもずっと読書はつづけたんだろ? きみの頭ならいろんなことを覚えられたはずだ」

「それ以前の問題で……。計算が苦手なんです。数学がまるで駄目で」

……なるほど。数学力は読書では補えないか。

瀬戸内はきいた。「28かける35は?」

「ええと」莉子は困惑しながらたずねかえした。「書く物もらっていいですか」

「駄目だよ。頭のなかで計算するんだ」

「でも、そろばんとか習ってないし」

「掛け算の場合、そろばんの能力はあまり関係ないよ。凜田さん、筆算で計算しようとしちゃいけない。こつを学ぶんだよ。いまの答えは980だ」

「こつって?」

「商売人をやっていると、実践的な計算の秘訣《ひけつ》が身についてくるものさ。28かける35。偶数と5の倍数をかけるときには、偶数の2だけ先にかけるんだよ。28は、14の二倍だ。だから35を二倍して70。それに14をかけるのは頭のなかでもできるだろ。それで980ってことだ」

しばし莉子は熟考しているようすだったが、やがて神妙にうなずいた。「ああ、なるほど……」

「じゃ問題だ。25かける32は?」

「ええと……。16かける50になるから、800」

「ほらできた。すごいじゃないか。二桁《けた》どうしの掛け算は、いままでならもっと時間がかかっていたはずだよ」

莉子の顔に笑みが戻った。「たしかに。そうですね」

「862かける5は？」

「……ごに十、一繰りあがって、ろくご……」

「じゃなくて。いいかい、五は十の半分だ。10割る2は5。だから、かける5ってのは、2で割って0をひとつ増やせばいいだけのことだ」

「……4310！」

「ほら、すらすら解けるだろ。こつを覚えてしまうんだよ。暗記力はもう身についているから、それでいくつかの法則を頭にいれてしまえばいい」

「できるかなぁ、わたしに。っていうか、その法則っていうのはどこで学べばいいんですか？」

「教えるよ。よく数字に強くなるっていうけど、それは実践的な数学力が身につくって意味だ。長年、会社を経営してるからね。自然にいろんな秘訣を会得してる」

足音がした。社長の娘、瀬戸内楓がサッシから顔をのぞかせた。「お父さん。いえ、社長。……あ、凜田さんも来てたの。こんにちは」

「こんにちは」莉子は楓の手もとに目を向けた。「わあ。すごく綺麗《きれい》……」

瀬戸内陸は楓の持っている物を見た。ペンダントのようだった。十字架をかたどった七宝に琥珀《こはく》らしきものが嵌《は》めこまれている。

楓がそれを差しだしてきた。「これ、お客さんが買い取り希望で持ちこんだ品なんだけど。バルト海沿岸の高級品だって」

「鑑定書は？」

「いちおうあるけど、この品物に付いていたものかどうか、確証はないし」

「うーん」瀬戸内はペンダントを眺めた。「いい物には見えるけどな……。もし琥珀が偽物だったら値はつかない。どうすべきかな」

「琥珀ってさ」と楓はいった。「ハンカチでこすって静電気を帯びれば本物でしょ。いつもはそうしてるんだけど、これ七宝の装飾が琥珀を覆ってるから、こすれないんだよね」

「ああ、そうだな。……たしか、塩水に浮いたら本物って話も聞いたことがある」

「無理でしょ。装飾から外せないし」

「だな……」

どう判別すればいいだろう。あるいは答えがだせないことを理由に、買い取りを断るか。

しかし、せっかく客が持ちこんでくれた品だ。できれば客には喜んで帰ってほしい。

考えあぐねていたそのとき、莉子がふいにエタノールの瓶を手にとった。

「貸してください」と莉子は瀬戸内にいった。瓶の口にガーゼをあてがい、エタノールをふくませる。

「どうするんだね」瀬戸内はペンダントを渡した。

莉子は、琥珀の上でガーゼを絞り、数滴の水分を垂らした。それから琥珀の表面に指先で触れると、顔をあげてきっぱりと告げてきた。「本物です」

「何？　どうしてわかるんだね」

「本物の琥珀はエタノールに反応し粘り気がでるからです。触ってみてください。ほら、粘着性を帯びているでしょう？」

瀬戸内はいわれたとおりにした。たしかに指先がくっつく。「ああ……」

莉子はいった。「琥珀の九割はロシア連邦のカリーニングラード州が産地になってます。ロシア連邦の西の端に位置している飛び地で、バルト海の沿岸にある。この十字架はロシア正教のものだし、そもそもロシアの七宝焼きは世界的にも評判になってる。だから鑑定書の内容は信頼が置けます。ただし、琥珀はダイヤモンドやルビーみたいに公式のグレードが存在するわけではないので、値をつけるなら見た目で判断しないと……」

「ちょ」楓はあわてたようすだった。「ちょっと待ってよ。どうしてそんなこと知ってるの？」

瀬戸内も同感だった。「いつから鑑定の勉強なんか始めた？」

莉子は戸惑ったようにいった。「ツアコンの会社の就職試験を受けにいく前に、旅本で勉強したので……。ロシアの観光本に載ってました。土産物のページに」

なるほど。瀬戸内は感心した。

膨大な知識量を記憶できれば、それを引き合いにして現実の問題を評価することや、分析することも可能だ。すべては莉子の感受性の高さが、暗記力に転化されることから始まった。しかし過程はどうであれ、彼女はその技能を自分のものにしつつある。

「で」瀬戸内は莉子にきいた。「見た目で判断するとして、その琥珀ペンダントはいくらぐらいだと思う？」

「さあ……。お値段のことはよくわかりません。でも、すごく綺麗です。フォーマルなドレスにも、カジュアルにも合いそうだし」

違いないと瀬戸内は思った。もともと感受性豊かな莉子だけに、印象の是非の客観的判断には信用が置ける。ヘアスタイルやスーツの着こなしを見れば、センスの面でも趣味がいいとわかる。

「凜田さん。ちょっと来てくれないか。楓も」

瀬戸内はそういって、バルコニーから店内に入ると、階段を下りていった。

一階に着くと、事務室の扉の前で三十代の従業員が歩み寄ってきた。秋田という名のベテラン店員だった。

秋田がきいてきた。「社長。さっきから日の出製網繊維の元社員って人から、何度も電話が入ってます。在庫を引き受けてほしいという話ですが」

背後から楓の嘆く声がした。「また日の出製網繊維？　半年前に潰《つぶ》れた会社じゃん。債務整理中だからって、リサイクルショップに在庫の品を買い取らせて現金化しようったって甘いわよ」

「そう愚痴るな」瀬戸内は楓に苦笑してみせてから、秋田にいった。「在庫の品はすべて買わせていただくと伝えてくれ」

「はあ？」楓は顔をしかめた。「たいして売れそうにない在庫ばっかり引き受けてどうすんの」

「気持ちはわかるが、日の出製網繊維さんも景気がいいときには、うちから事務用品を大量に買ってくれてたもんだよ。世の中、助け合いさ」

「また始まった……。こっちの台所事情も考えてよ。みんな安月給で働いてるのにさ。秋田さんも不満でしょ?」

秋田は戸惑いがちに笑った。「じゃあ、先方に電話しておきます」

「頼んだよ」と瀬戸内はいった。

ある意味では楓が正しい。売れない商品の在庫を抱えることほど、経営者にとって危険なことはない。

それでも、世は持ちつ持たれつだ。困窮し苦しんでいる人々を捨て置くことはできない。商品の売り方は、また後で考えればいい。

事務室に入ると、瀬戸内は本棚に向かった。リサイクルショップにおいては、買い取り額の勉強は必須《ひっす》課目だ。棚の一角は、そのための書物で埋め尽くされている。

瀬戸内は莉子に告げた。「見てごらん。うちの店で参考資料に使っているものだ。宝石鑑定用のカタログに、服飾鑑定本。家電製品のリスト、輸入家具のリスト。掛け軸や絵画、ブリキ玩具《がんぐ》の名品リストってのもある。ぜんぶで百冊ぐらいか」

「へえ」莉子は目を瞠《みは》っていた。「いろんな商品を扱ってるんですね」

「これらに目を通すとして、どれくらいの期間が必要かな?」

「ええと……。一日で三冊消化するとして、三十日で九十冊だから、ひと月と三日ですね」

「一日で三冊!?」瀬戸内は驚きを覚えた。家具の本を引き抜き、莉子に渡す。「本当にできるのか? こんなに細かくびっしりと掲載されてるんだぞ」

莉子は本を開いてざっと眺めたが、その表情は変わらなかった。「ええ。問題ないと思います」

「……よし。無理はしなくていいから、それらを勉強しつつ、うちで働いてくれないか」

「え!」莉子は衝撃を受けたようすだった。「わたしを……雇ってくださるんですか」

「ああ」と瀬戸内はうなずいてみせた。

楓が不満げな顔で口をはさんでくる。「お父さん……」

瀬戸内は手をあげて娘の小言を制すると、莉子に告げた。「買い取りはスピードが命だ。すぐに商品の価値をみいだし値をつけなきゃならん。これらの本に載っている膨大な商品知識のうち、何割かでも記憶できれば、きみの鑑定眼は非常に信頼できるものになるだろう。そうすれば、きみはうちの店にとって得難い人材となりうる」

本当は、従業員をひとり増やすだけでも苦しい。人件費は頭打ちどころか、月々の赤字のもとになっている。頭の痛い問題だった。

けれども、これでいい。瀬戸内はそう思った。凜田莉子はいまや、見過ごすことのできない頭角を現してきている。いずれどこかに転職するにしても、うちの店で一人前に育てあげるのは悪いことではない。彼女は有望な人生を歩むために生まれてきた。その後押しができることを、むしろ喜ばしく思うべきだ。

莉子は信じられないというように目を丸くしていたが、やがてその大きな瞳《ひとみ》に涙が溜《た》まりだした。表面張力の限界を超え、しずくが頰をつたいだす。

「ありがとうございます」莉子は声を震わせて泣きだした。「わたし、働けるんですね」

弱った。女性の涙は苦手だ。もっと祝福の言葉をかけてやりたいが、莉子が号泣すると困る。

瀬戸内は笑顔をつとめながらいった。「給料は安いけど、アルバイトよりはましだろう。もっといい就職先が見つかったら、いつでも辞めていい。それまでは、きみはわが社の一員だ。な、楓」

楓は伏し目がちにため息をついた。

だが、父親である瀬戸内にはわかっていた。娘は、莉子を歓迎している。楓は年下の後輩ができることをいつも願っていた。それに、楓も理解できているはずだ。凜田莉子が唯一無二の存在であることを。その希少価値がどれくらいの値をつけるか、まだわかったものではないが。

楓はハンカチを取りだし、莉子に差しだした。「ほら、涙を拭《ふ》いて。よろしくね、凜田さん。わからないことがあったら、何でもきいて」

莉子はなおも泣きじゃくりながらうなずいた。「楓さん……。本当にありがとう。嬉《うれ》しい」

よかった。瀬戸内の胸のなかにあるのは、そのひとことだった。

秋田が戻ってきて、瀬戸内に告げてきた。「銀行のかたがおいでになりました」

喜びもつかの間か。返済の催促だろう。こちらからは、さらなる融資をなんとしてもお願いせねばならない。そういう辛い駆け引きが待っている。

それでも、瀬戸内の心は躍っていた。いまこそ経営者としての腕のみせどころだ。意地でも会社を潰してはならない。彼女のような若者たちの未来を閉ざしてはならない。

莉子はまだ泣いていた。身を寄せ合うふたりを後に残し、瀬戸内は歩きだした。

生きているからには、人は常に誰かに助けられている。誰もひとりでは生きていけない。だから私は手を差し伸べる。かつてほかの誰かがそうしてくれたように。

リッキオ

午後一時をまわった。力士シール散策もひととおり終えて、帰路につく。

小笠原悠斗は凜田莉子とともに、桜が舞い散る並木道に歩を進めた。このまま神田川方面に抜ければ、万能鑑定士Ｑの店はすぐそこだ。

道沿いに軒を連ねる商店はそれなりに活気にあふれ、不況の影響を感じさせない。八百屋の店頭に貼ってあったポスターがふと目にとまる。２０９０年、北極消滅。ホッキョクグマを救いましょう。温暖化防止の政府広報ポスターだった。

なぜ八百屋が貼りだしているのか気になる。温暖化にともなう水害や干ばつで、農業が深刻な影響を受けるとか、そういうことだろうか。

莉子も、店がまえにややミスマッチなポスターが目についたらしく、それを眺めていった。「二〇九〇年かぁ。そのころには、みんなどうしてるんだろ。あなたもわたしも、まだ現役かな」

「きみはフリーランスだからそうかもしれないけど、僕はとっくに定年だよ。生きていればの話だけどね」

「定年後に第二の職業に就いてるかも」

「いや。二〇九〇年のきょうは、どこかの公園でひなたぼっこしながら、通勤客を眺めてるだろうさ」

「それはないわよ」莉子は笑った。「二〇九〇年のきょうは、通勤客はいない。誰も働いてないから」

「どうして？　まさか人類絶滅とかそっちの話？　MMRとか好きだったりするの？」

「なにMMRって？　日曜だから、みんな休みってだけ」

「へえ……。二〇九〇年のきょうが日曜？　そんなの、すぐにわかるの。すげえ計算力……」

「じゃなくて、平年は正月と大晦日《おおみそか》の曜日は同じなの。閏年《うるうどし》は四年に一度だから、つまり四年ごとに曜日が二日ずつずれていく。二十八年で曜日は一周するから、八十四年後はきょうと同じ金曜。その四年前は日曜」

小笠原はすなおに感心した。「数字にも強いなんて」

「そうでもないけど。ただ計算ってものにはいろいろコツがあって、それを知ってるだけ」

世間では、それを数字に強いというのだが……。

凜田莉子はふしぎな女だった。存在感はあるのに性格は質素で控えめ、そのせいかとてつもない知識を内包していても、まるで嫌味を感じさせない。猫目とひきつりがちな笑みは、一歩間違えば皮肉っぽい表情に受けとられかねないだろうに、なぜかそういうマイナスの印象にはつながらない。

一緒にいて心地よさを感じられる人だと小笠原は思った。俺が友達ぶるにはまだ早すぎるが……。

万能鑑定士Ｑの看板が見えてきた。小笠原はきいた。「Ｑってどういう意味？」

照れ笑いらしき笑みを浮かべ、莉子は言葉を濁した。「さあ、ね。自分で考えたわけじゃないし」

では誰が考えたのだろう。彼女の個人経営の店だというのに。

疑問に思っていると、莉子が店の前に立った。自動ドアが音もなく開いた。

莉子が妙な顔でこちらを見た。小笠原も莉子を見かえした。

でかけるときには鍵《かぎ》をかけていったはずだ。どうして開いているのだろう。

だが、莉子が疑念を感じたのは一瞬だけらしい。警戒するようすもなく店内に歩を踏みいれていく。

すぐに莉子は待合のソファを見ていった。「こんにちは、氷室さん。早かったですね」

小笠原も店内に入った。ソファに座っていたのは、三十代半ばぐらいの痩《や》せた男だった。着崩したスーツはブランドものらしい風格が感じられる。磨きあげられた靴も高級品のようだった。

目つきは鋭く、整った顔だちは女にもてそうだが、くつろいだ態度のせいか愛嬌《あいきょう》ものぞかせている。ゆっくりと立ちあがる物腰はしなやかで、歌舞伎の女形《おやま》のようだった。

男はいった。「ちょうど講義もなくて暇だったんでね。そこに立てかけてあるガードレールは何だい？」

「あなたに科学鑑定を依頼したい物」莉子は小笠原を指し示しながら男に告げた。「こちらは小笠原さん。『週刊角川』の雑誌記者で、今回のクライアントです」

「ああ」男は快活に声をあげて、会釈をした。「雑誌記者さんか。このおかしな相撲取りのシールについて調べてるとか？」

「当たりです」と小笠原は答えた。「取材ってのは変わったものとか、奇異なものを取りあげる傾向がありまして」

「そうでしょうね。おもしろい目のつけどころだと思います。あ、僕は氷室といいます。

大学のほうでちょっとした研究というか、そういうことをやってまして」

謙遜《けんそん》に違いなかった。氷室拓真。早稲田大学の理工学部、物理学科の准教授と莉子はいっていた。小難しい実験を数多くこなしているのだろう。

彼は店の合鍵を持っているらしい。メアドばかりか合鍵も。ふたりはどんな仲なのだろう。

しかし氷室は、莉子に色目を使うような素振りも見せず、ガードレールの波板に歩み寄ってしげしげと眺めた。「公共物なのに、預かってもいいのかい？」

小笠原は氷室にいった。「月曜まで借りられることになってるんです」

「そうですか」氷室はうなずいた。「うちの研究室は土日も使えるから問題ない。で、凜田さん。何を調べる？」

莉子も波板に近づいた。「それぞれのシールのインクの古さを調べてくれませんか。具体的には、このカブラペンのシールと、Gペンのシールの時間差です」

「ふたつは絵のタッチが違ってるみたいだな」

「ええ。どちらかがオリジナルで、もう一方は模倣でしょう。先に描かれたほうを知りたいんです」

「なるほど、それならいろいろ調べようもある」氷室は小笠原を見た。「このシール、一部を削ってもいいんですか？」

「はい。もう廃品になる物なので……」

「助かります。極力、非破壊検査に努めますけど、サンプルが採れればより精度が高まるので。じゃ、借りていきますよ。ええと、あの外のリヤカーは？」

「あれも僕の会社のものです」

「拝借できます？」

「ええ。いいですけど」

「よかった。じゃあ凜田さん。月曜に結果を連絡します」氷室はそういって波板を持ちあげた。自動ドアに向かい、そろそろと戸口をくぐらすと、外にでた。

結果は週明けか。記事を今日じゅうに仕上げるのは無理そうだ。なんとか編集長の了承を得て、締め切りを延期してもらわねば。

小笠原は外に目を向けた。氷室はリヤカーの荷台に波板を載せると、ためらう素振りもなく、鼻歌まじりにリヤカーを引いて歩き去っていった。

閉じた自動ドアのガラスに、ぽかんとした小笠原の顔が映りこんでいた。

小笠原は莉子を振りかえっていった。「堂々とリヤカーを引いていったよ」

莉子は平然とした面持ちだった。「氷室さんってああいう人なの。研究材料があれば嬉々《きき》として持ち帰りたがるし」

「なんだか申しわけないな。リヤカーの側面に『月刊ガンダムエース』って書いてあるし」

「だいじょうぶでしょう。男の人って全般的に、ガンダムとか好きだから」

そういう問題ではないような気もするが……。

莉子はデスクの向こう側にまわると、革張りの椅子に腰を下ろした。「さて。氷室さんの鑑定結果も月曜になっちゃうし、いまできることは、ほかになさそうなんだけど」

「だね。ちょっと会社に電話してみるよ」小笠原は携帯電話を取りだした。

電話帳データから編集部を探しだし、通話ボタンを押す。呼び出し音に耳を傾けながら、莉子を見やる。莉子は引き出しから文庫本を取りだし、読みだした。

聞き覚えのある野太い声が応じた。「はい。『週刊角川』編集部です」

編集長の荻野甲陽の声だ。小笠原は告げた。「小笠原です。いま鑑定家さんのところに取材に来てるんですが……」

荻野は小笠原が喋《しゃべ》り終わるのを待たず、ぼそりといった。「なら取材をつづけろ」

「……いえ、それが、きょうのうちには鑑定結果がでない運びになりまして。月曜まで締め切りを延ばしていただけるとありがたいんですが」

なんて。

小笠原は呆気《あっけ》にとられた。あの鬼の荻野が、こんなに簡単に入稿の先延ばしを了承する
「わかった。延期する」

「いかん！」

「あのう」小笠原はいった。「やることもないので、会社に戻ろうと思いますが」

いきなりの一喝に、小笠原の全身は凍りついた。

電話の向こうでは、思わず声を荒らげてしまったことに対する後悔のような沈黙があった。やがて荻野の声が告げてきた。「小笠原。カバンは持ってでてるか？」

「いえ。会社に置きっぱなしで」

ちっと舌打ちするのがきこえる。荻野の声がきいた。「財布とか、貴重品は持ってるんだろ？」

「ええ。それはもちろん」

「なら、戻らなくてもだいじょうぶだな？　きょうは金曜だし、次の出社日は月曜だ。つまり月曜の朝までは出社しなくていい」

「……わかりました、直帰します」

「宮牧に替わっていただけますか」同僚にも声をかけておくか。小笠原は荻野にきいた。

「宮牧はもう帰った。いまは各班の班長と次長しか残ってない」

どういうことだろう。小笠原はいった。「なにかお役に立てることがあれば……」

「だから取材をつづけろといってる。退社時間まではちゃんと働け。なんでもいいから取材対象から聞きだせ」

「まだ鑑定結果はでないとわかっていても、ですか？」

「取材対象の人となりだとか、記事を埋めるのに必要な情報はいくらでもでてくるだろう。いままで何を勉強してきた」

「……了解しました。取材を続行します」

返事はなかった。電話は一方的に切られた。

腑《ふ》に落ちない気分ではあったが、いわれたとおりにするしかない。もともと、角川書店は組織や部署の再編が多い。ひと月ぶりに会った同期の社員が、仕事内容はそのままに、まるで別の肩書になっていることもしばしばある。編集部が『少年エース』に侵食されつつある昨今だ、上層部のみの会議が開かれてもふしぎではない。

こちらとしては、ただ盤上の駒のひとつとして動くのみだ。小笠原はソファに腰を下ろした。

莉子を眺める。依然として文庫本を読みふけっていた。

小笠原はたずねた。「趣味は読書？」

「……さあ。そうかも」

「ほかに興味があることは？　外にでて友達と会ったり、旅行にでかけたりしないの？」

「あまりしないかな。本を読んでれば、それなりに充実できるし」

「ふうん……」

莉子は上目づかいに小笠原を見た。「まだなにか用？」

「いやそれが、五時までは取材しなきゃならなくて。力士シールの鑑定は進まなくても、あなたについていろいろ教えていただきたくて」

「わたし……？」

「いや、プライバシーに踏みこむつもりはないんだけど……。店を開くまでのいきさつとか、Qの由来とか」

「由来っていわれても……。あ、そうだ、小笠原さん。元マラソン選手の高橋尚子《なおこ》さんって、なんでQちゃんなんですか」

「え？　ああ、そういえばなんでだろ……」

「でしょ。その由来が知りたくて」

「尚子の尚の字が、オバケのQ太郎に似てるからかな。毛が三本、大きな口ってことで」

「へえー。おもしろい」莉子はそういって、また文庫本に目を戻した。

ふたりに沈黙がおりてきた。

……はぐらかされたのだろうか。

たしかに彼女が答えたがらないのもわかる。彼女はあくまで仕事として接客に応じている。鑑定家として、顧客の要望を受けつけるのが彼女の仕事だ。身の上話をきかせてくれというリクエストは、疎ましいものに違いない。

ほかにどんなことを尋ねればいいだろう。そうだ、学歴について尋ねたが、まだ答えをもらっていない。

「凜田さん。あのう、出身大学は……」

莉子は微笑とともにかえしてきた。「小笠原さんはどちらの大学に行ってたの？」

「僕は……立教大学だけど」

「学部は？」

「社会学部。メディア社会学科」

「へえ。六大学野球の立教って、ユニフォームの表記がＲＩＫＫＩＯ《リッキオ》になってるのはなんで？」

「さあ……ねぇ。ピントゥリッキオに関係あったりして」

「ピントゥリッキオ！」ふいに莉子は目を輝かせた。「ルネサンス期のイタリアの画家よね。ペルージャ派の作品は似通ってるってよくいわれるけど、ピントゥリッキオはペルジーノやラファエロ、ロ・スパーニャとは違うと思わない？　バチカンの絵画ギャラリーにある、聖母戴冠《たいかん》のパネル絵って見事よね。表情が優雅なの。いつか本物を見てみたい」

「そうだね」小笠原は必死で会話についていこうとした。ピントゥリッキオの絵については見たこともないが、その名前を知るきっかけになった唯一のエピソードを披露する。

「アレッサンドロ・デル・ピエロってサッカー選手がさ、サッカー界のピントゥリッキオって呼ばれているんだよ。プレーが芸術的だから」

「……ごめんなさい。サッカーあまりよく知らない」

「ああ……そう」

またしても店内は静寂に包まれた。莉子は文庫本を読みだした。

大学時代の合コン並みに会話が嚙《か》みあわない。すなわち俺は、学生のころから成長なしか。情けない。

頭をかきむしっていると、自動ドアが開いた。

スーツ姿、丸顔の中年男が満面に笑いをたたえて入ってきた。男は息を弾ませながらいった。「凜田さん。よかった。さっきも訪ねたんですが留守だったみたいで」

「あ、不動産屋さん」莉子が応じた。「こんにちは。どうしたんですか、そんなに急いで」

「見つかったんですよ。超優良な物件が。格安で、しかも広いんです」

「ほんとに!?」莉子は弾けるように立ちあがった。「場所はどこですか」

「神楽坂駅前です。東西線で飯田橋からひと駅。ただし、もう入居者の抽選が始まっちゃうんです。現地で、午後三時に」

「ずいぶん急ですね」

「なにしろ、あまりにもいい物件なんで。すでに応募者が殺到してるんですよ。抽選に参加するなら、いますぐ行かないと」

莉子はすっかり乗り気になったらしい。服の襟もとを整え、ハンドバッグを手にした。

小笠原は莉子にきいた。「外出するの？」

「そう。ここの事務所、手狭だから。移りたかったんだけど、都内はどこも家賃が高くて。いいところが見つかったら連絡してもらうことになってたの。ね、不動産屋さん？」

「ええ」不動産屋は大きくうなずいた。「条件面でもぴったりです。相場からして、ちょっと考えられないくらいすごい物件なんです。さ、どうかお急ぎを」

「待ってよ」小笠原はいった。「取材のほうは……」

莉子はあっさりと告げてきた。「一緒に来れば？　わたしのお店の移転先候補なんて、記事にはならないと思うけど……」

「いや、そうするよ。お供させてもらいます」小笠原はそういって立ちあがった。

五時までは取材。そういう義務があるのはたしかだ。でもそれよりも、小笠原は凜田莉子と一緒にいたかった。一瞬たりとも目を離せなくなるふしぎな魅力が彼女にはある。入社以来、これほどときめくことはなかった。学生に戻ったかのようだ。

抽選会

小笠原は、神楽坂駅周辺の不動産物件を検索したことなどなかった。駅前には閑静な住宅街がひろがっているが、いまの給料では賃貸ですら住むのが難しい。飯田橋方面につながる神楽坂には、テレビや雑誌で紹介される洒落《しゃれ》た店が軒を連ねている。

不動産屋が案内したのは、そんな神楽坂に面したマンションだった。カフェとフレンチレストランに挟まれた、大理石調の壁面を持つ新築の高級マンション。その一階部分のテナントが丸ごとあいていた。

ブティックかコンビニエンスストアが優に入れるほどの床面積。ガラス張りの正面にはなんの装飾もなく、店内もむき出しの白いベニヤ壁に囲まれている。内装はいっさい施されていない。

そんな真新しい物件のなかに、大勢の人々がうごめいているのが見える。まるでパーティー会場のようだ。

莉子は物件の前に立ちどまってつぶやいた。「うわ、すごい人。それに、すごい場所」

「でしょう?」と不動産屋がにこやかにいった。「人気スポットの神楽坂に面していて、しかもこの広さですよ。駅徒歩一分。これ以上ないというぐらいの優良物件です」

それはそうだろうと小笠原は思った。しかし、庶民に手がでる物件だろうか。見たところ、店内にひしめきあっているのも業者関係らしい。実際、有名店ばかりが連なる神楽坂に、これほどの面積を専有する個人経営の店、しかも鑑定家の看板など、まず考えられない。

「うーん」莉子も同じ思いらしく、複雑な表情をのぞかせていた。「ここの相場からすれば安い物件かもしれないけど……。とてもわたしが払えるような額じゃないと思いますけど」

不動産屋は間髪をいれずに告げた。「ところがですね、信じられない賃料なんです。なんと月十万ですよ!」

「え!?」小笠原は思わず声をあげた。

莉子も目を丸くしていた。「十万って……? まさか。ほかに管理費を何百万もとられるとか……」

いえ、と不動産屋は首を横に振った。「保証金は六か月、償却二十一パーセント、礼金一か月、そしてうちの仲介手数料一か月。それだけです。ごく常識的な線です」

ありえない。小笠原は唖然《あぜん》とせざるをえなかった。田舎の商店街ならいざ知らず、神楽坂に月十万で店が開けるなんて。

茫然《ぼうぜん》と立ちすくむ莉子が、ささやくようにいった。「信じられない……。どうしてそんなに安いの？」

小笠原は莉子にきいた。「万能鑑定士なのに、不動産鑑定は専門外か？」

「ええ……。不動産鑑定士以外はやっちゃいけない規則だからね。刑事罰の対象になるし」そういいながらも、莉子はうわのそらのようだった。「だけどいったい、どうして……」

しきりに揉《も》み手する不動産屋が告げた。「ビルのオーナーが奇特な方で、二階以上の住居物件で充分な収入が得られるから、一階店舗は安くていいと思ったらしいです。儲《もう》かりすぎるのも税金対策の面で困りものという、なんとも羨《うらや》ましい話のようで。にわかに信じがたいと思われるかもしれませんが、こういう物件は数年に一回はでるんですよ。今回はその超レアなケースのひとつだということです」

莉子の顔に笑みがひろがった。「すごーい。『NANA』みたい。小笠原さん、敷金礼金ゼロでお洒落な内装、多摩川が見おろせる2DKで家賃七万、生活備品完備、シェアOK

ってありうると思う？」

「ないな。風呂《ふろ》なし、台所共用、築五十年の三畳一間。扉は引き戸、鍵《かぎ》もドラクエの鍵みたいなやつってところだ」

「まさしくそう。わたし、そういうところ住んでたし。でもこの物件って……NANA以上かも」

店舗のなかから、スーツ姿の若い女が顔をのぞかせた。「賃貸契約希望のお客様ですか？　じきに抽選が始まります。なかにお入りください」

莉子は小笠原の後ろにまわった。「小笠原さん、先に入って」

「どうして？　きみが借りる物件だよ」

「なんか、安さにつられてまんまとやって来た女って感じで、見透かされそうだし。こっちの立場を軽く見られると、物件の説明とか手を抜かれそうだし」

「僕が先に入っても同じことだよ」

「そうでもないって。小笠原さんなら、若手の実業家かもって思われるよ」

「僕が？　アオキのバーゲン三点セットだよ」

「いいの。顔つきが仕事できそうな感じだし」

同伴の不動産屋も莉子に調子をあわせてきた。「そうですな。運営側の業者さんにも女の人がいるし、ここはイケメン男子に露払いになっていただくのがよいかと」

「いや、僕はあくまでも記者として……」

小笠原の反論はそこまでだった。莉子と不動産屋が背中を押し、たちまち店内に足を踏みいれてしまった。

「ようこそ」別の女性がチラシを差しだしてくる。「物件の詳細です。お持ちください」

「ああ、どうも……」小笠原は恐縮しながらそれを受け取った。

店内は、外から眺めた印象以上にごったがえしていて、まさに立食パーティーの会場さながらだった。運営側はどこに陣取っているのだろう。もう少し奥にいかないと、説明をきくにも難儀になる。

そう思って歩を進めようとしたとき、別の参加者と身体がぶつかった。

相手は初老の痩《や》せた男だった。よれよれのスーツを着たその男は、よろめきながらもなんとか踏みとどまったようすだった。

「すみません」小笠原はいった。「だいじょうぶですか」

「ええ、平気です。ご心配なく」男は皺《しわ》だらけの浅黒い顔に笑いを浮かべた。「都会の人ごみは慣れていないもので」

莉子が近づいてきて、男にきいた。「地方からおいでになったんですか?」

「そうです」男は愛想よくうなずいた。「楢崎敦司《ならざきあつし》といいます。茨城で農業をしてまして。家内のすすめで、都内に直売の店を持ったらといわれたんで……。どこも場所代が高いなぁと思ってたんですが、こんな優良物件見つけたんで。なんとしても借りたいなと思っております。あ、もちろん、みなさんもご同様でしょうが……」

「直売店ですか」莉子がいった。「すると、ご実家のほうでおつくりになったお野菜を、こちらに運んで販売するわけですね」

「はい」と楢崎は笑った。「手間のかかる有機野菜をこしらえても、地元じゃあまり価値がでませんので……。家内の話では、都会の人ほど農薬抜きの野菜に興味を持ってるとか。実際、ここの並びのレストランの人に聞いたら、有機野菜を売る店ができるなら絶対買わせていただくと、力強い返事をもらったんで」

「なるほど。たしかに、こんな都心に有機野菜専門店があれば、需要がありそうですね」

「そうでしょう？　これまでも都内でお店を開けそうな物件を探したんですが、家賃払えそうなのは不便な場所ばかりでして。東京じゃお客さんはクルマでは買いに来ないだろうし、どうしてもここに店を持ちたいんですよ」

「奥さまも当然、賛成なさってるでしょうね」

すると、楢崎の笑顔に翳《かげ》がさした。「家内は先月、亡くなりました。無理がたたって、持病をこじらせてね」

莉子は戸惑いのいろを浮かべた。「あ……。申しわけありません……」

「いや、いいんですよ。ただ、家内も都内に店ができるのを心待ちにしてました。ふたりで朝早く軽トラに野菜を積んで、常磐道をのぼって店に行き、夕方までにぜんぶ売ろうとか、スケジュールも話しあったりしてました」

「すると、お店のほうもご夫婦で切り盛りされる予定だったんですか?」

「もちろんそうですよ。従業員を雇う余裕なんてありません。家内に先立たれて、いまは私ひとりです。でも、やるだけやってみますよ。いまから抽選だそうですが、私に決まったら、家内に対するなによりの供養になると思います」

そのとき、雑踏の向こうから呼ぶ声がした。楢崎さん。楢崎敦司さん。

「はい」楢崎は返事をしてから、こちらに向き直り、礼儀正しく頭をさげた。「じゃ、失礼します」

小笠原は当惑しながらおじぎをかえした。莉子も同様だった。

楢崎が立ち去った後、莉子は顔をあげた。小笠原が驚いたことに、莉子は涙ぐんでいた。

「ちょっと」小笠原は莉子にきいた。「どうしたんだい? まさか、いまの人に同情したとか?」

「だって」莉子はしきりに指先で目もとを拭《ぬぐ》った。「かわいそう。お店をだす前に奥さんを亡くしたなんて」

「たしかに気の毒だけど……。僕らにはどうすることもできないよ」

「いいえ。もしわたしが当選したら、あの楢崎さんに権利を譲るわ」

「なんだって？　馬鹿いうなよ。なんのためにここに来たんだ？」

「楢崎さんを不幸にしてまで、お店をここに移転したいとは思わない」

「そりゃ、きみがそういうなら、それでいいけどさ……。だけど、こういう場所では同情は禁物だよ。楢崎さんも、ライバルを減らそうとしてあんな話をしたのかもしれないし」

ふいに莉子は憤りのいろを浮かべた。「楢崎さんはそんな人じゃないわ」

「初対面だろ？　農業うんぬんも本当の話だって確証はないよ」

「いいえ。この季節にして日焼けしてるってことは、冬場も土づくりに励んでいたからよ。有機農法に徹するのなら種を撒《ま》く前から土の品質にこだわる必要がある。それに、ごつごつとした手の親指と小指の付け根に筋状の傷跡が無数にあった。除草剤を使わずに手で草を抜いているから」

「……謝るよ。少なくとも、きみの鑑定眼を疑ったのは悪かった」

一瞬、莉子が涙を浮かべたのは情緒不安定のなせるわざかと思ったが、それは違うようだ。理路整然とした思考は、依然として働きつづけている。凜田莉子は、極めて感受性の豊かな女性に違いない。喉《のど》から手がでるほど欲していたはずの物でも、知り合ったばかりの人に譲ることを厭《いと》わない。いや、むしろ積極的にそうしようとしている。

やはり外見ばかりの美人ではない。小笠原は莉子についてそう感じた。彼女の内面は驚くほど清らかだ。都会で個人経営の店を持ちながら、心がすれてはいない。どれだけまっすぐな生き方を貫いてきたのだろう。ある意味で、この物件などより彼女の存在こそが、よほど稀有《けう》で貴重といえる。

離れていた不動産屋が、一枚の紙片を手に舞い戻ってきた。「抽選にエントリーしてきましたよ。おや、凜田さん。どうしたんですか。目が赤くなってるようですが」

莉子はそっけなくいった。「物件に感激しちゃって」

「そうでしょう！」不動産屋は胸を張った。「さ、この紙をお持ちください。あなたの抽選番号とのことです」

差しだされた紙片を小笠原は見た。十六番と書いてある。

そのとき、マイクに息を吹きかける音が響き、次いでハウリングぎみの男の声がスピーカーから聞こえてきた。「みなさん。ようこそお集まりいただきました。今回の抽選会を主催させていただきます、ニコト不動産の中道省二《なかみちしょうじ》と申します。急な募集にもかかわらず、二十二組もの方々にお集まりいただき、ご応募をいただきました。深く御礼申しあげます」

二十二組……。これは難しそうだと小笠原は思った。あちこちの不動産業者から情報をききつけた人々がいっせいに集まったのだろう。エントリーに間に合っただけでも幸運かもしれない。

中道という男の声がつづけた。「公正を期すため、タグ・スローイングで抽選をおこないたいと思います」

小笠原はつぶやいた。「タグ・スローイング？」

莉子が小声でいった。「アメリカで土地や住居の抽選によく使われるやり方。南部で始まったことらしいけど、参加者の人数ぶんの番号札をテーブルに投げて、表になった札だけ残し、裏返った札は取り除かれる。それを繰り返して、最後まで残った番号札の人が勝ち」

「あー、何かの映画で観たな。でも、手作りの札を投げるやり方はフェアじゃないって話だったと思うけど。裏と表で重量のバランスが違っている可能性があるから、確率も五分五分ではないかもって」

「そう。だから、タグ・スローイングには札じゃなくて、その国の硬貨が使われたりするの。硬貨ならバランスに問題はないし、裏表の確率は五分と五分でしょ」

同じ説明を中道もおこなっていた。「……ですから、表と裏がでる確率が半々になるように、公的に製造された通貨を用います。十円玉を二十二枚、平成元年から二十二年まで一枚ずつ用意いたしました。こちらのテーブルの周りにお集まりください」

奥のほうに人が流れていく。大きな会議用の円卓があった。その向こうに立っているのが、運営側の業者らしい。マイクを握った四十代ぐらいの男が中道だろう。

中道はいった。「人数が多いので、代表のかた、一名か二名ずつおいでください」

小笠原は莉子とともに、人垣のなかに身をねじこむようにして、なんとか最前列に到達した。

テーブルには二十二枚の十円硬貨がずらりと並んでいる。いずれも裏、すなわち製造年が記された面を上にしていた。小笠原の目からも、それぞれの表記はしっかり確認できた。

「さて」中道は、マイクを握っていないほうの手で硬貨を一枚ずつ積みあげていった。「硬貨を振って、年号のない面が上になった硬貨は取り除きます。残念ながら失格です。ご了承ください。では、一回めのスローイングに入ります」

チップのように積みあげた硬貨をつかみとる。手つきはカジノのディーラーのようだった。それらが広いテーブルの上に放りだされる。

けたたましい音をたてて二十二枚の硬貨はテーブル上に散らばった。誰もが身を乗りだして自分の番号と同じ製造年を確認しようとしている。

運営側はゆっくりと、平等院鳳凰堂《ほうおう》が刻まれた表面《おもてめん》のでた硬貨を、一枚ずつ取り除いていった。残った硬貨を一列に並べながら、中道がいう。「一回めのスローイングで残られましたのは、三番、五番、八番、十一番、十二番、十五番、十六番……」

悲喜こもごものため息が沸きおこる。莉子は十六番だ、勝ち残っている。

人々がぞろぞろとテーブルの周りを離れていく。公正さに重きをおいた抽選らしく、たしかに半分ほどの組が脱落していた。

残留している人の輪のなかに楢崎がいた。楢崎はこちらを見て、軽く頭をさげて微笑した。

中道が硬貨を積みあげる。「残りは十三枚です。二回めのスローイングに入ります」

ふと不安になって、小笠原は莉子に耳うちした。「偽物の十円が混じっているってことはないのかな。裏表の重さが違っているとか」

莉子がこちらを見てささやきかえした。「ないと思う。作りものなら音が違うはずだし」

鑑定家の彼女がそういうのなら心配ないだろう。憂うべきは運のみということか。

ふたたび硬貨は投げられた。十三枚の硬貨がテーブルに撒かれる。一見して、また半分ほどが表を上にしたのがわかる。

それらが一枚ずつ取りのぞかれる。中道が告げた。「残られましたのは、八番、十二番、十六番、十八番、二十番、二十二番」

歓声と失意の声が同時に響く。今度も半分ほどの組がテーブルを離れていった。残った硬貨の枚数は、わずかに六枚。莉子はそのなかのひとりだった。

楢崎もその場を動かなかった。ほっとした表情でため息をついている。莉子は自分の番号の書かれた用紙を、楢崎にしめした。楢崎もにっこりと笑って、彼の番号をこちらに見せた。八番。

小笠原は莉子にささやいた。「末広がりのいい数字だ」

莉子は妙な顔を向けてきた。「おじさんくさくない？　末広がりだなんて」

「誰がおじさんだよ」小笠原はむっとしてみせた。

「冗談」莉子は笑った。「楢崎さんには縁起いいかもね」

中道が六枚の硬貨を取りあげた。「三度めのスローイングに入ります」

硬貨は振られた。今度は四枚が裏、二枚が表だった。脱落したのは十二番、そして十六番。

小笠原は、莉子とともにため息をついた。顔を見合わせると、莉子は落胆のいろを浮かべていた。

「仕方ない」と小笠原はいった。「楢崎さんの健闘を祈るしかないね」

そうね、と莉子もうなずいた。

四度めのスローイング。四枚の硬貨が投げられた。表になった二枚が取り除かれる。残ったのは、八番、および二十番。

楢崎が緊張の面持ちでたたずんでいる。ここまで来たからには、是が非でも勝ち取ってほしい。小笠原は心からそう思った。

テーブルの反対側には、くつろいだようすのスーツ姿の群れがあった。二十番は彼らだろう。三十代からせいぜい四十歳ぐらいの痩せた男たちは、抽選の結果に一喜一憂することなく、ただじっとテーブルに目を落としている。

肝がすわっている、と小笠原は感じた。この手の抽選に慣れている業者だろうか。

「残り二枚」中道は、もったいをつけた動作で二枚の硬貨を拾った。「これで決まるでしょうか。五度めのスローイングです」

硬貨がテーブルに投げだされる。今度は、二枚とも裏だった。また硬貨が取りあげられ、六度めのスローイングになる。結果は同じだった。両者ともに裏。製造年の面が上になった。

小笠原は莉子にいった。「はらはらするね」

ところが、莉子は無言だった。

妙な気配を感じ、小笠原は莉子を見た。莉子の目は、楢崎のライバルの男たちに向けられている。

「どうかした？」と小笠原はきいた。

「……いえ」莉子はすました顔でつぶやいた。「べつに」

中道が二枚の硬貨をてのひらに載せた。「さあ、七度めのスローイングです」

硬貨は振られた。いずれも回転しながらテーブルを舞った。その回転が落ち着きだしたとき、一枚が表、もう一枚が裏であることが、はっきりと見てとれた。

やがて硬貨は静止した。裏になっているほうの製造年は、平成二十年。楢崎の平成八年の硬貨は、表にかえっていた。

楢崎がっくりと肩を落とした。そのいっぽうで、ライバルの男たちは淡々とした顔でハイタッチしあい、勝利を受けいれている。

中道が告げた。「ご覧いただきましたように、抽選結果は二十番。ええと、こちらの方々、株式会社イオナ・フーズのみなさまです」

まばらに拍手が起きるなか、楢崎がうなだれたまま、ぶらりとテーブルを離れていく。

そのとき、ふいに莉子が小笠原にいった。「あの硬貨を押さえてきて」

「え?」と小笠原はたずねかえした。

だが、もう遅かった。莉子は楢崎を追って、小走りに駆けだしていた。

その後ろ姿を見送りながら、小笠原は呆然《ぼうぜん》とたたずんだ。

押さえるって、どういうことだろう。小笠原は首をかしげながら、テーブルに近づいていった。

中道はほかの業者とともに、硬貨を革製の袋にしまいこむ作業に入っていた。

小笠原は中道に声をかけた。「あのう」

「はい?」と中道は顔をあげた。

抽選会にまったく疑問を感じていなかった小笠原は、人差し指を伸ばしていった。「その硬貨、ちょっと指で押さえてみてもいいですか?」

「……ええ。どうぞ」と中道は、怪訝《けげん》な顔で応じた。

テーブル上の硬貨の一枚に、小笠原は人差し指の先を押しつけた。わずかに浮かすと、十円玉は手の脂でくっついて一センチほど持ちあがり、それからテーブルに落ちた。

普通の十円硬貨にすぎない。これがいったいどうしたというのだろう。

中道はたずねてきた。「もうよろしいですか?」

「はい。……結構です」小笠原は頭をかきながら、テーブルをあとにした。

すでに店内は閑散としつつある。莉子は、その出口付近で楢崎に追いつこうとしていた。

小笠原は走りだし、ふたりに近づいていった。

莉子が楢崎を呼びとめる。「楢崎さん」

楢崎は立ちどまり、振りかえった。あきらかな失望のいろを漂わせている。

しかし、すぐに楢崎はあきらめに似た笑いを浮かべた。「お互い、駄目でしたね」

莉子は複雑な表情とともにいった。「楢崎さん……。ぜひここにお店を開いていただきたかったです」

「そうおっしゃってくださるだけでも……。夢を見れただけでも幸運でしたよ」

「そんな。ほかにきっと、いい物件が見つかりますよ」

「いえ、もういいんです。ここまでの物件はまずないでしょう。私の稼ぎじゃ、都内に店を持つなんて、初めから無理だったんです。明日からまた、地元の直売所に通います」

「……けど、それじゃ奥さまのお気持ちが……」

「家内も納得してくれますよ」楢崎は笑った。「やっぱり地元のほうが落ち着くねって、家内もいうと思います。いろいろありがとうございます、心配までしていただいて。じゃ、ご機嫌よう」

楢崎は背を向けて、外にでていった。力のない足どり。やはり落胆のいろは隠せない。いまにも倒れこんでしまいそうだった。

ガラスごしに見える都会の雑踏に、楢崎の姿が消えていく。

莉子はそれを見送った後、こちらを見た。真摯《しんし》なまなざしに沈痛ないろが浮かんでいる。

「小笠原さん」莉子はささやいた。「硬貨は?」

「ああ。押さえてきたよ」

すると、莉子は黙って手を差し述べてきた。

「何?」と小笠原はきいた。

「……何って」莉子は真顔になった。「十円硬貨を見せて」

「見せろって? 僕の財布に入ってる十円玉でいい?」

「違うわよ。押さえてきた硬貨」

やっと言葉の意味が理解できつつあった。小笠原はあわてた。「押さえろって、指で押さえるんじゃなくて?」

莉子の大きな瞳《ひとみ》が見開かれた。呆《あき》れた表情がひろがる。「そんなことして何になるの」

「僕もそう思ったよ。けど、きみにいわれたとおりしたくて」

そのとき、運営側の業者のひとりが歩み寄ってきた。「お客様。抽選会はもう終了しましたので……」

小笠原は業者にいった。「すみません。さっきの十円玉を拝見できないかと……」

すると、莉子が小笠原の腕をつかみ、業者に頭をさげた。「なんでもありません。帰ります。どうも」

莉子が腕をひっぱる。眉間《みけん》に皺を寄せた業者を後に残し、小笠原は莉子によって外に連れだされた。

神楽坂の賑《にぎ》わいのなかにたたずみ、小笠原はたずねた。「硬貨、見せてもらうんだろ？」

めずらしく莉子は苛立《いらだ》ちを漂わせていた。「いまごろ借りようとしたって意味がないわよ。普通の十円玉を見せるに決まってる。だからテーブル上にある硬貨を押さえなきゃいけなかったのよ」

「だ、だけど、硬貨は作り物じゃないんだろ？」

「ああ、もう」莉子はハンドバッグから携帯電話を取りだした。ボタンを操作してから、それを耳に当てる。「……あ、江来さん。凜田です。どうもおひさしぶりです。お尋ねしたいんですけど、最近売れたエラーコインの出物ってありましたか？　十円硬貨限定で」

しばしの沈黙の後、莉子はうなずいた。「はい。……ああ、十円硬貨のDF。製造年は……平成二十年ね。よくわかりました。ありがとうございます。それじゃまた」

電話を切った莉子に、小笠原はきいた。「どこに電話したの?」

「知り合いの古銭商。鑑定の業界にも横のつながりがあるの。収集家に高く売れるエラーコインは、市場にでてくると古銭商のあいだでその話題がもちきりになるから。きっと知ってると思ったら、そのとおりだった」

「エラーコインって……製造に失敗した硬貨のことだっけ」

「そう。普通なら一般に出まわることなく破棄されるけど、稀《まれ》に市場にでてくるの。エラーコインにはいろんな種類があって、多いのはプレスの位置がずれている硬貨だけど、レア物にDFってのもある。ダブルフェイス、つまり両面ともに裏あるいは表ってやつ。古銭商の人の話では、ひと月ほど前に三十万円で、平成二十年の両面裏のDFが売れたって」

小笠原は驚きを覚えた。「だとすると、それがさっきの……」

莉子は唇を噛《か》んでいた。「うかつだったわ。音で本物の硬貨と信じたのが間違いだった。エラーコインを使ってたなんて……。とにかく、この抽選会は出来レースよ。最初からタグ・スローイングの結果はきまってた。あの株式会社イオナ・フーズってところが契約できるように仕組まれてたのよ。業者もグルだわ」

「だけど、いったい何の目的で? 業者とつるんでいるのなら、抽選会なんか開く必要はなかったろうに」

「理由はわからない」莉子は、ガラスごしに店内をじっと見つめた。「けど、この茶番に楢崎さんは踊らされて、その結果深く傷ついた。亡くなった奥さんとお店を開く夢を追い求めていた楢崎さんを……。絶対に許されることじゃないわ」

イオナ・フーズなる会社の男たちは、店内でなにやら打ち合わせを始めている。ひとりがこちらを一瞥《いちべつ》した。不敵に口もとを歪《ゆが》めてから、また仲間たちに向き直った。

いんちき業者め。小笠原は腹を立てたが、次の瞬間、莉子に注意を惹《ひ》かれた。

莉子の目はいまや猫ではなく、豹《ひょう》そのものになっていた。闘志を燃やして獲物を見つめる豹のまなざし。怒りの炎が全身から燃えあがっているようだ。

クイーン

二十歳になったばかりの凜田莉子は、チープグッズ本店の一階カウンターに詰めていた。

当初は慣れなかった従業員用エプロンも、いまでは身につけていることを忘れてそのまま帰宅してしまうほどだった。仕事は在庫の整理から商品の陳列、掃除、接客、それにレジと帳簿の管理と多岐にわたる。のんびりとした波照間島の感覚からすれば、ひと月ぶんの労働が一日に押し寄せてくる感じだ。しかし、忙しくはあっても苦痛に感じることはいちどもなかった。働けば働くほど知識が得られる。刺激的な毎日だった。

いまも莉子は七十代とおぼしき婦人の買い取り客を相手に、持ちこまれた品物の吟味に入っていた。

この店は普通のリサイクルショップと違い、じつに多様な品々を受けつける。評判をきいた客が、さらに特異な品を持ってやってくる。日を追うごとに珍品を目にする機会が増えているような気さえする。

今回は山で採ってきたというキノコだった。籠《かご》いっぱいに詰めこまれたキノコを一本ずつ取りだして、じっくりと眺める。

なるべくいい値段をつけてあげたい。しかし、そうはいかないときもある。

「んー」莉子は唸《うな》った。「残念ですけど、今回なんとか値をつけられそうなのは、こちらの二本だけですね。あとはぜんぶ毒キノコです」

「まあ」老婦は目を瞠《みは》った。「まさか、嘘でしょう？　柄の部分を裂いてみて。ここが縦に裂けるキノコは食べられるってきいたけど」

「いえ……。それは俗説ですね。毒があるかないかに拘《かか》わらず、キノコのほとんどの柄は縦に裂けます。ハツタケみたいに、食べられるキノコでも縦に裂けないものもありますし」

「……これ毒キノコなの？　縦に裂けるのに」

「ええ。ドクツルタケといいます」

「じゃあ、これはどう？　虫が食べた痕《あと》があるでしょ。毒がないって証拠よ」

「違います。猛毒のキノコであってもナメクジや虫は食べます」

「少しかじってみたけど、おかしな味はしなかったわ」

「毒の成分がイボテン酸という旨味成分なので、少量ならおいしく感じるんです。これはテングタケ。ハラタケ目テングタケ科テングタケ属のキノコです。灰褐色の傘に、つぼが潰《つぶ》れてできた白いイボがあり、柄も白くて節のようなつばができているのが特徴です。有毒で、嘔吐《おうと》や幻覚などの症状を引き起こし、最悪の場合は意識不明に陥ります」

老婦は衝撃を受けたようすだった。「まあ怖い……。だけど、塩漬けにして茄子《なす》と一緒に煮ればだいじょうぶでしょ?」

「いいえ。お湯の熱では毒は分解しませんし、茄子に毒を消す成分もありません。塩漬けにしたあとも残る毒もあります。ですから、安全なのはこちらの二本だけなんですよ」

「信じられない……。それ、あまりにも鮮やかな赤いろをしてるから、かえって危ないかもと思っていたキノコよ」

「これはタマゴタケです。おっしゃるように真っ赤でちょっとグロテスクな見た目ですが、食用なんです」

老婦は、毒キノコの山に目をやった。「こっちにも同じキノコが二本ほどあるけど」

「ちょっと違います。これは環状ペプチドを含有したタマゴタケモドキ、そしてこれはベニテングタケです。いずれも食べると危険です」

「へえ」老婦は心底感心したようすだった。「いつものことだけど、凜田さんは本当に物知りよね。キノコにまで詳しいなんて。いったいどこで勉強したの?」

莉子は苦笑してみせた。「本で読んだていどです。で、こちらのタマゴタケですけど、フレンチではオロンジュ、イタリアンではオーボリと呼ばれる高級食材です。それなりに希少価値がありますので、一本百円なら買い取らせていただきますけど、いかがですか」

「それでいいわ。ほんと、勉強になったし。こっちがお金を払わなきゃいけないぐらい」

「とんでもない。毒キノコのほうは、こちらで処分しましょうか?」

「いいえ、それは悪いわよ」老婦は笑った。「持ち帰って、燃えるゴミにだすわ」

買い取り手続きを済ませ、老婦が引き揚げていくと、莉子は帳簿に記録した。ついでに、きょう一日の買い取り額の合計をだす。

電卓を使う必要はない。商売人に必須《ひっす》の計算のこつは身についている。八や九などの端数には、それぞれ二と一を足してキリのいい数字にし、計算してからそのぶんを引く。あるいは、数字をいくつかの塊に分解してそれぞれを計算し、最後に合計する。このほうが、電卓に指を走らせるよりずっと速い。

これできょう一日の帳簿はまとまった。間もなく閉店時間だ、社長に提出しよう。

莉子は帳簿を小脇に抱えてカウンターをでると、先輩の男性店員である和久井《わくい》に声をかけた。「事務室にいってきます。レジよろしくお願いします」

寝具のコーナーでうずくまって整頓《せいとん》に追われていた和久井が、むっくりと起きあがる。

「わかった。この値札をつけ終わったら、すぐ行くよ」

「またフトンが増えたんですね。枕のコーナーも拡大してる」

「そうなんだよ。社長が寝具にはやたら力をいれるもんでね。売れないうちから在庫増やすのは考えものだよな」

「なんで寝具にこだわるんでしょう?」

「社長は貧しい家に育って、夜は物置でせんべい布団に包《くる》まって寝てたんだとさ。そのコンプレックスっていうかトラウマっていうか、幼少期の反動でフトン買いまくってるんじゃないのかなあ」

客に寝具を安く提供したいという、瀬戸内の思いのあらわれかもしれない。実際、在庫が多すぎてフトンは値崩れを起こしている。たぶん、都内でいちばん安く寝具が手にはいる店だろう。

もっとも、不況のせいか買い取り希望の客に対し、購入を求めてやってくる客の数はさほどでもない。両者のアンバランスさが、店の経営状態を深刻にしつつあるように感じられる。

買い取りカウンターをまかされているだけの莉子には、経営の全貌《ぜんぼう》は把握できない。社長はいつも心配するなと声をかけてきた。それでも気になる。給料の支払いはいちどたりとも滞ったことはないが、店頭における売り上げが微妙なのはあきらかだ。

商品棚の谷間を抜けて事務室に近づく。すると、閉じた扉の向こうから、瀬戸内の怒鳴り声がきこえた。

憤りにまかせて声を荒らげる社長の声を、莉子は初めて耳にした。瀬戸内は告げていた。

「だめだ、そんなことは。店を閉めるなんて論外だ」

冷ややかな男の声がいう。「そうはいいましてもね、瀬戸内社長。赤字がかさむいっぽうでしょう。いまのうちに手を打っておかないと、後悔することになりますよ」

「だからといって閉店するわけにはいかない。これは私のライフワークみたいなもんだ」

大仰なため息がきこえる。「じゃあ、こうしましょう。買い取りをやめて、在庫の販売に徹するんです。ただでさえ御社は、商品をたくさん抱えすぎていて、しかも毎日のように仕入れや買い取りに励んでる。物ばかり増えて現金は逃げていく、完全にマイナス効果です。いま持っておられる在庫の山を解消するまで、仕入れはしない方針にしてください」

「それでは意味がないんだ」瀬戸内は譲らなかった。「貧しい人たちにわずかでも生活費を提供できるのがリサイクルショップの存在意義なんだ。買い取りをやめたらただの小売業じゃないか」

「社長。いずれにしてもこれ以上、私どもからの融資は無理です。あなたには返済に力を注いでいただかねばならない。いいですか。なんの改革もせずに現状のままでいくなら、御社はすぐにでも倒産します。貧困にあえぐのはあなたですよ！」

莉子は愕然《がくぜん》として立ちすくんだ。

倒産……。やはりそこまで追いこまれていたのか。

ふいに、ぽんと背を叩《たた》かれた。驚いて振りかえると、社長の娘、瀬戸内楓が立っていた。

「気にしないで」と楓は小声でいった。「いつものことなの。もう何年も、ああやって銀行の人と押し問答してる」

「楓さん……。もし倒産したら、楓さんも苦しい立場に……」

「もう覚悟はできてるけどね」楓はさばさばした表情で、金髪をかきあげた。「わたしも会社の帳簿ぜんぶを見てるわけじゃないけど、負債はかなり膨れあがってる。あちこちから借金してて、多重債務で首がまわらない状態になっているのもたしかだし。お母さんも、ずっと前にお父さんに愛想を尽かして、でていっちゃった」

莉子は何といっていいかわからず、言葉に詰まった。「……そうですか」

「お母さんは再婚して、遠くで新しい人生を歩んでる。どっちにつくか聞かれたんだけどねぇ。お父さんを選んじゃった。でも後悔はしてない。お父さんの考えてることは立派だし」

「もっとうまく経営をまわすことができれば、立て直しも夢じゃないと思いますけど」

楓は苦笑に似た笑いを浮かべた。「そんなに深刻に考えないで。ずっとこうだったんだし、これからもなんとかぎりぎりの線でしのいでいけるって」

「買い取りは、やっぱり減らすべきなんでしょうか」

「そんな指示は受けてないでしょ？　お客さんへの同情心は、お父さんの経営理念みたいなもんだし。一般のお客さんからの買い取りは微々たるものよ。問題はね、傾いた工場とか潰れた商社から、在庫を大量買いしちゃうことなんだよね。日の出製網繊維からも、ろくでもない品物をいっぱい仕入れちゃってさ。あれは結構なお金を吐きだしてるよ」

「そうでしょうね……」

社長の心意気は立派だ。けれども、溺《おぼ》れている人に投げてやる浮き輪が底を突きつつある。どうすべきだろう。一従業員としてできることはわずかでしかない。

銀行員が扉の向こうで吠《ほ》えていた。「とにかく、それすらもできないのなら、ただちに人件費を二割カットしてください。でなければ来週には店が開けられなくなりますよ。いいですね、すぐに手を打ってください」

いきなり扉が開いた。興奮したようすのスーツ姿のふたり組が、顔面を紅潮させながら通路にでてきた。莉子と楓には目もくれず、険しい顔のまま脇を抜けて店の出口へと消えていった。

事務室にひとり残っていた瀬戸内陸が、ゆっくりと立ちあがり、戸口からでてきた。

「やあ」瀬戸内は微笑した。「来ていたのか。楓。凜田さん。かっこ悪いところを見せてしまったね」

さすがに瀬戸内は応《こた》えているらしく、その笑顔はいつもに比べて弱々しかった。白髪頭も乱れがちだ。よほどかきむしったのだろう。

莉子は当惑しながらいった。「瀬戸内さん……。申しわけありません」

「どうして謝るんだい?」

「だって……。経営が思わしくないのに、瀬戸内さんはわたしを雇ってくださいました。銀行の人も、人件費をカットしろっていってる。わたしは瀬戸内さんのご厚意に甘えていました。深く反省してます」

瀬戸内は笑った。「よしてくれ。きみは給料の何倍ぶんも働いているよ。経営がうまくいっていないのは、私のせいさ。私はやりたいことを好き放題にやってきた。たぶんその方針は今後も変わらない。やめるんじゃなくて、なんとかやりくりする方法を見つけるだけさ」

「お父さん」楓はつぶやくように告げた。「そうはいっても、銀行の人の意見は絶対でしょ。お金が借りられないうえに、ほかに経費を捻出《ねんしゅつ》できる見込みがないのなら、人件費を削らなきゃ。わたし、当分はお給料なくていいから」

はっとして莉子は同意をしめした。「わたしも……」

「待て」瀬戸内は手をあげて制した。「ふたりとも、気持ちは嬉《うれ》しいけど、そんなに急がなくていい。楓はずっと昇給なしで頑張ってもらってるし、私は零細企業の経営者の常で、ずっと自分の給料なしだ。それに身内は切りつめてもいいが、凜田さんに苦労を背負わすわけにはいかない」

莉子は胸が苦しくなった。「わたしがお給料をもらっている場合ではないと思います」

しばし沈黙があった。視線が交錯しあった。

やがて、瀬戸内は静かにいった。「やむをえないか。ここまでの状況になったのは私の責任だ。凜田さん……。本当にすまないと思っている。でも、あなたを雇いつづけるわけにはいかなくなった」

「……はい」

「そんなに悲観的な顔をしないでくれ。きみには独立のときがきたんだよ」

「え？」莉子は驚いた。「独立、ですか？」

「もう成人して、立派な大人だ。数字にも強くなったし、ひとりで経営もやっていけるだろう。いまや知識もとんでもなく豊かだし、持ちこまれる品物の鑑定についても素晴らしい目利きだ。正直、ここまでなるなんて思ってもみなかった。けれども、半年ぐらい前から強く可能性を感じるようになった。きみはこれから、鑑定家としてやっていくべきだ」

「か、鑑定家ですか？　だけどわたし、なんの資格もとってないし」

「ああ。資格をめざして勉強したわけじゃなくて、ひたすら実践だったからな。博識ではあっても、その知識には偏りがある。だから資格試験じゃ不利だろう。きみはフリーランスの鑑定家として即戦力になりうる。公的なお済付きなんか得ようとせずに、ただちにプロとして看板を掲げてデビューしてしまえばいい。そのほうが時間もお金も節約できるよ」

楓が微笑とともにうなずいた。「いけるかも。凜田さん、ここにある鑑定本や商品カタログのほとんどを暗記しちゃってるみたいだし。お客さんも感心しきりだしね。いいじゃん。なんでも鑑定家として独立しちゃえば？　きっと需要あるよ」

莉子は戸惑いを深めた。「なんでも鑑定家って……」

「いや」瀬戸内は背を向けて事務室に入った。「私も楓とほとんど同じことを考えてた。ふたりとも、こっちに来てくれ」

瀬戸内は奥に置かれたダンボールのなかをまさぐっていた。莉子は楓とともに、事務室に入った。

「あった」瀬戸内は一枚の板状のものを手に立ちあがった。「何年も先のことだと思ってたけど、早い船出にもそれなりにメリットはある。ほら、凜田さん。これがきみの店だ」

それはアルミ製の看板だった。業者に発注して作らせたものらしい。艶《つや》消しの銀に黒文字が刻まれている。万能鑑定士Q。看板にはそうあった。

莉子は呆然《ぼうぜん》としながらそれを眺めた。「万能鑑定士……?」

瀬戸内はうなずいた。「商売ってのはインパクトがなきゃ。世のあらゆる鑑定業者をぎょっとさせる勢いで、この看板を掲げるんだよ」

「けどわたし、鑑定できる品物なんてごくわずかですし……」

「謙遜《けんそん》するな。家電から宝石類、ブランドバッグまでなんでもござれじゃないか。美術品についてはまだまだこれからだろうが、きみの財産である感受性が役に立って、あらゆるデータを吸収していくだろう。どれだけのレベルの客層を相手にできるかは、きみの頑張りにかかってる。そこが個人事業主の大変なところでもあり、またいちばんの楽しみでもあるんだ」

楓がきいた。「お父さん。このQって何?」

「あん？　ああ、これは屋号みたいなもんだな。本当は士のつく職業は資格を持っているという意味になるから、師匠の師を使ったほうがいいんだが、字面が悪くてね。これが正式な資格所有者の肩書ではなく、店の屋号であることを表すために、Qとつけた。いちおうクイーンって意味なんだけどな。凜田さんの個人事業なわけだから、女店主だし。万能鑑定士クイーンだ。いいだろ？」

思わず莉子は楓を見た。楓も莉子を見かえした。眉《まゆ》をひそめている。

クイーン……。社長は尊敬すべき人物だが、そのネーミングセンスだけはどうかと……。少なくとも、Qってどんな意味ですかと尋ねられたとき、自分の口からクイーンですと答える気にはなれない。恥ずかしくてとてもいえたものではない。

「あのさ」楓が表情を凍りつかせた。「万能鑑定士って言葉を使うために、クイーンって付け加えてダサくなるぐらいなら、いっそのこともっと抽象的な名称にしたら？　どんな物でも真贋《しんがん》や真価を見抜く、人呼んで千里眼とか」

「やっぱり親子だな。お父さんもそれは思いついた。だが千里眼は商標登録されててね」

「そのQってのの、ほかの言葉じゃ駄目なの？」

「見てのとおり、もう看板を作っちゃったしな」

「じゃあ、せめて読み方のクイーンってのをやめない？　キューでいいと思うけど。意味は説明しなくてもいいんじゃない？　万能鑑定士キュー。語呂《ごろ》がいいし」

瀬戸内は看板に目を落とした。「そうかな？　まあ、読み方は本人に決めてもらえばいい。凜田さん、この看板を進呈するよ。それと、ささやかながら独立資金は提供させてくれ。都内の店舗物件を借りて創業できるよう、手伝わせてもらうから」

莉子は胸が高鳴るのを覚えた。「だ、だけど、瀬戸内さんもお金が必要なときなのに……」

「きみの独立によって今後、人件費は浮くわけだから、ご祝儀ぐらい弾ませてもらうさ」

「瀬戸内さん……。感謝してもしきれないぐらいです……」

「うちのほうに持ちこまれた買い取り希望の品も、ときどき、きみのところに持っていって鑑定してもらうかもしれない。そのうち評判を呼んで、お店は繁盛するだろう。私はきみの才能を信頼してるからね」

楓は笑って莉子にいった。「チープグッズが駄目になったら、わたしを雇ってね」

「こら、楓」瀬戸内は、いつものように自信に満ちた微笑で、莉子をまっすぐに見つめてきた。「これは強制ではないよ。道を選ぶ権利はきみにある。きみの自由だ。だから、あらためて尋ねる。今後どうする？」

莉子はいまにも泣きだしそうだった。わたしのために、ここまでしてくれるなんて。こんなわたしのために。

「ありがとうございます」莉子は震える声でいった。「本当に……。心から感謝します」

プロの鑑定家。波照間島をでたときには思ってもみなかった職業だった。あの島に渇水対策を実現できる職業ではない。それでもいずれ力を持って、なんらかのかたちで役立てるようになりたい。

わたしも貧しい人々のために力になろう。最低限必要な稼ぎ以外、儲《もう》けに走らず、ただ顧客の満足のために全力を尽くそう。苦しんでいる人を見かけたら、誰であろうと手を差し伸べよう。それがわたしの学んだすべてだから。わたしの成しうるすべてのことだから。

バナナ

小笠原悠斗にとって、凜田莉子と初めて知り合った日の翌日と翌々日は、ひどくじれったいものだった。

土曜、日曜と彼女に会えない日がつづく。ただの取材対象、それも力士シールの件についての参考意見をもらうだけの相手だというのに、存在が気がかりで仕方がない。いまごろどうしているだろうか、小笠原は二日のあいだに幾度となくその思いをめぐらせた。

それでも土日はただ寝て過ごしていたわけではない。彼女にとって有益と思える情報をインターネットから引きだしていた。ほんのささいなことにすぎないが、それでも彼女への土産とするには充分だろう。

ようやく月曜を迎えた。晴れ渡る空の下、小笠原は真っ先に万能鑑定士Qの店を訪ねたかったが、辛くも自制した。俺は会社員だ。午前九時には勤務先に顔をださねばならない。

ところが、角川書店本社ビルに赴いてみると、いつもとはようすが違っていた。

ロビーには、見慣れた面々が途方にくれたようすでたたずんでいた。『週刊角川』の編集員、記者ばかりだった。

荻野編集長の姿はなく、副編や各班長、次長もいない。同僚の宮牧拓海の話では、トップは社長をまじえて重要な会議をしているらしく、ゆえに編集部は閉鎖状態だという。記者たちは編集部に立ち寄らず、直接取材先に出向くよう指示がでているらしい。編集部員も、ライターと外で打ち合わせするよう伝えられているようだ。

宮牧はいった。会議なら、会議室を借りてやりゃいいのにな。俺らが閉めだされたってことは、いよいよ編集部そのものの存続が危ういってことじゃねえのか。明日にでも『少年エース』第二編集部の表札がかかっていることだろうよ。

小笠原は戸惑いを深めたが、心の片隅ではこの状況を歓迎していた。『週刊角川』が廃刊になったりしたらおおごとだが、おそらくそこまでの事態には陥らないだろう。規模を縮小したり、編集部が移転することはあるかもしれないが、ひとまず現状においては、願ってもないことだと思った。いますぐ凜田莉子のもとに行ける。決して美人にうつつを抜かしているわけではない。これは仕事だ。会社に与えられた職務だ。

馬鹿に元気だな、先輩の記者に声をかけられた。いえ、べつに。小笠原は言葉を濁し、職場のビルを後にした。

足取りも軽く飯田橋駅方面、神楽坂西へと歩を進める。神田川沿いには爽《さわ》やかな風が吹き、桜の花びらを舞い散らせていた。

しかし、喜びに満ちた気分とは裏腹に、どこか不穏な空気を感じる。

ひっきりなしに緊急車両のサイレンの音がきこえる。上空をヘリが飛びまわっている。報道関係もあれば、自衛隊の機体も見える。交差点では、大久保通りを駆け抜けていくテレビ中継車を目にした。NHK、それからフジテレビの報道局の専属車両が、いずれも官庁街方面に向けてレースのように走っていく。TBSの中継車は、逆方向を目指していた。なにか事件でもあったのだろうか。いや、それなら『週刊角川』の記者たちにいっせいに連絡が入るはずだ。けさは同僚も上司ものんびりとしたものだった。報道管制が敷かれているようすもない。

要人の来日か、もしくはどこかに脅迫電話でもかかってきたのだろう。都内においては、取り立てて珍しい光景ではないと小笠原は思った。

万能鑑定士Qの看板に近づいた。店の前にはリヤカーが停まっている。月刊ガンダムエースの表記。准教授の氷室が引いていったものだった。

自動ドアを入ると、なかにいたふたりは話しこんでいた。デスクについていた莉子、そしてソファにおさまった氷室が、いずれも言葉を切ってこちらに目を向けてきた。

莉子は、あの特徴的なややぎこちなくみえる笑みを浮かべた。「あ、小笠原さん。おはようございます」

きょうの莉子は白のロングニットで清楚《せいそ》な印象だった。派手なパープルも似合うが、おとなしいファッションも無難に着こなしている。首丈の長いタートルネックによって彼女の小顔は強調され、同時に瞳《ひとみ》もより大きく見えている。

氷室のほうも革ジャンにデニム、スニーカーというカジュアルないでたちだった。精悍《せいかん》な顔つきは大型バイクでも乗りまわしそうに思えるが、この洒落《しゃれ》た服装でリヤカーを引いてきたのだろうか。ウェーブのかかった髪は整髪料できれいにセットしてあるのに、大学の准教授の考えることはわからない。

その氷室は愛想よく声をかけてきた。「おはよう、雑誌記者さん。借りた物をお返しするよ」

彼が指さした先に、ガードレールの波板が立てかけてあった。数十枚の力士シールもそのままだった。どこも変わったところはないようだ。

小笠原はきいた。「それで、科学鑑定の結果は？」

ふいに氷室は浮かない顔になった。「いまも凜田さんに説明してたところなんだけどね。

結論からいえば、さっぱりわからないんだ」

「わからない？」

「凜田さんの指摘どおり、描き手がふたりいることはたしかだ。ＥＳＤＡという静電検出装置を使って筆圧痕《こん》を解析したら、あきらかに異なる二種の特徴が浮き彫りになった」

莉子は唸《うな》った。「問題は、そのふたりのうち、どちらが先に描いたかなんだけど……」

「さっきもいっただろ」氷室は身を乗りだした。「高速液体クロマトグラフを使えばインクの化学分析が可能だし、どちらが古いかすぐにはっきりする。今回もそのはずだった。けれども、うまくいかないんだ。なぜか二種類の力士シールはいずれも同じ数値をしめしている」

小笠原は驚きを覚えた。「同じ数値ですって？」

「そうだよ。インクの成分も、経年劣化もまるで同じ。こんなことはありえないんだ。分析では、描かれた時期について数時間の差であっても検出できるからね。もっと驚異的なのは、一枚のシールのなかですら、線がどの順番で描かれたかわからないことだ。輪郭が先なのか、目、鼻、口のどれを最初に描いたのか、それすらも不明だ。顕微鏡解析による斜光線照明検査やＵＶ照明検査で、ミクロン単位の筆圧や筆跡の違いを割りだせるというのに、力士シールのインクときたら全部が同一。これをうのみにするなら、すべてのシールのすべての線が一秒の違いもなく同時に描かれたってことになる」

「まさか、ありえないでしょう。そんなことは」

「そのとおり、不可能だよ。ただし、機械の数値は同一になってる。原因を突きとめるためには、機械以外の方法を使わなきゃだめだ。残念ながらうちの研究室には、実行できる設備も技術もない。やるとしても長期にわたるだろう。半年、あるいは一年……」

「あのう」小笠原は恐縮しながらいった。「本当に、その調査結果に間違いはないんでしょうか。数値がぜんぶ同じだなんて……。機械が故障していたかも」

氷室はむっとした。「僕の科学鑑定に疑いを持つのかい？　まあ雑誌記者さんは疑いを持つのが仕事かもしれないけど、それならライバル誌の記事はどう評価してる？」

「……ライバル誌？」

「おや？」氷室はふしぎそうな顔になった。「まさか、まだ見てないの？」

「見るって、何を？」

そのとき、莉子が一冊の雑誌を差しだしてきた。写真週刊誌。『フライデー』だった。

莉子はいった。「先週の金曜にでた雑誌。あなたもわたしも忙しく歩きまわってたもんだから、気づかなかったけどね」

「え!?」小笠原はあわてて雑誌を手にとった。表紙の見出しのなかに小さく、力士シール驚愕《きょうがく》の真実。そうあった。

雑誌を開いて記事をさがす。さほど重視されていないニュースなのか、記事はずいぶん後ろのほうにあった。それも見開きではなく、たくさんの話題を詰めこんだトピックスのページのなかだった。

力士シールの写真が掲載されている。小笠原は記事を読みあげた。「警視庁の科学捜査研究所が、都内に増殖中のいわゆる〝力士シール〟の科学鑑定をおこなっていたことがわかった。結果、これらのシールはすべて手描きであり、ふたりの描き手がいることは証明されたが、シールが描かれた順番は判別できず、どちらのタッチの描き手が先に描いたのかもわからなかった。科捜研では、科学鑑定を経てもこれらがあきらかにならないのは異常なことであり、さらに詳しく検査を進めるとしている」

思わずため息が漏れた。なんてことだ。まるっきり先を越されている。それも、こちらの記事は科捜研のお墨付きだ。

氷室は肩をすくめた。「よかったじゃないか、小笠原さん。この記事がでても世間じゃたいして話題にならなかった。あなたが『週刊角川』に書いていても同じ結果になっただろうし、部数が伸びずにがっかりという事態に陥らずに済んだ」

「まあそうですけど」小笠原は複雑な気分だった。「科捜研すら描かれた順番を分析できなかったなんて。ふしぎですね」

「彼らも僕らと同じく、クロマトグラフィで分析したにすぎないだろうけどね。気になるのなら、科捜研に取材してみるといいだろう」

「科捜研かぁ……。先輩記者の力を借りないと、取材を申しこめそうにないな」

「なら、この場の結論で充分じゃないか。『万能鑑定士Q』の鑑定能力は科捜研に匹敵するよ。そう記事に書いたら？　Qってどんな意味ですかって投書がくるかもしれないが。凜田さん。実際、どんな意味なんだい？」

莉子にとって、なぜかそれは答えたくない質問のようだった。小笠原のときと同じ反応を莉子はしめした。「氷室さん。そういえば、マラソンの高橋尚子さんってなぜQちゃんなんですか？」

すると氷室はあっさりと答えた。「陸上部の歓迎会でオバQの歌を歌ったからじゃないの？」

小笠原は面食らった。「そうなの？」

莉子も目を丸くした。「そうなんですか？」

「さあ」と氷室はいった。「僕も見たわけじゃないけど、噂じゃそうきいたよ。じゃ、昼から講義があるし、そろそろ行くよ。小笠原さん、頑張って。凜田さん、また何かあったら声をかけてくれ」

　立ちあがった氷室に、凜田は微笑みかけた。「いつもありがとうございます、氷室さん」

　どうも、と小笠原は氷室に頭をさげた。氷室も会釈をして、自動ドアの向こうに消えていった。

　ガラスごしに外を眺める。リヤカーが放置されていた。俺はまたあれを引いて帰るのか。

「小笠原さん」莉子が申しわけなさそうな顔をした。「残念だけど、取材はこれまでね」

「……あ、ええ。そうだね。でも」小笠原はうわずった自分の声をきいた。「新たに別のことを取材しようと思って」

「別のこと？」

「そう。先週の金曜、神楽坂駅の超優良物件を見に行ったろ？　運営側はタグ・スローイングでインチキをしていた可能性が高いし、誰が契約するかも、最初から決まってたらしい。公取法に照らしあわせるまでもなく、許されることではない」

　莉子の目が大きく見開かれた。「あの一件を取材するの？」

「そのつもりだけど……。よければ凜田さんにも協力してほしいと思ってる」

「もちろん！」莉子の顔は輝きだした。「楢崎さんや、ほかの参加者の人たちを落胆させた茶番劇だもん、真実を暴かなきゃ。でも、取材することは正式に決まってるの？」

「ああ、決まってるよ。そのう、編集長の荻野もおおいに乗り気でね。ああいう奴らには鉄槌《てっつい》を下すべきですと進言したら、そのとおりだ、おまえにまかせるといってくれてね」

「すごーい。上の人たちからも信頼されてるのね、小笠原さんは」

「それほどでもないけどね、はは」小笠原は自分の乾いた笑い声を耳にした。

思わず冷や汗がにじみでてくる。本当は上司の了承など取りつけていない。すべては俺の独断だ。

けれども、世の不正を暴くのは雑誌記者に課せられた使命だ。莉子も喜んでくれている。行動を起こすべきだ。会社の方針を無視しているわけではない。そもそも、編集長たちは秘密の会議ばかりで、いっこうにつかまらないではないか。

決意を胸に抱きながら、小笠原は懐から紙片を取りだした。「これ見て。インターネットのサイトをプリントアウトしたものだけど」

四つ折りの紙を開いて莉子に差しだす。莉子はそれを受け取った。「株式会社イオナ・フーズ……?」

「あの抽選会を勝ち抜いて、物件の契約を手中におさめた会社だよ。その公式ホームページ」

「へえ……。ずいぶんとシンプルなサイトね」

実際、それはホームページ作成ソフトで一時間もあれば作成できると思えるほど、簡素かつ安易なデザインだった。社名もロゴではなく、ただテキスト文字を拡大しただけ。数枚の写真のほか、会社概要と今月の活動内容がある。サイトの掲載内容はそれだけだった。

莉子は会社概要を読みあげた。「社名、株式会社イオナ・フーズ。本社、渋谷区道玄坂一丁目十二番一号、渋谷マークシティ内。事業内容、当社輸入の自然食品による料理教室の運営、開催……」

「料理教室についてはいちばん下に書いてあるよ。きょうの午前十一時から、神田の空き店舗を会場にして開催するらしい。そのあと午後二時に上野駅前会場、そして夜七時には、神楽坂駅前会場にて開催とある。間違いなく、先週契約したばかりのあのテナントだよ」

「ずいぶん急ね。内装も施さずに、料理教室だけ開くつもりかしら。それも一日かぎりで、その後の予定は未定……」

「おかしな会社だけど、いちおう法人登記はされてるみたいだよ。フィリピンとインドネシアからバナナを輸入してるらしい。そこの写真にも載ってるだろ?」

サイトに掲載された写真のひとつは、港の税関検査を受けるようすを写したものだった。倉庫のような場所の片隅で、まだ緑いろのバナナのふさがダンボール箱から取りだされている。箱の側面には(株)イオナ・フーズと印刷してあった。青い制服姿の税関職員らがバナナを手にしてチェックしている。

莉子は紙に印刷されたその写真をちらと見たが、すぐに立ちあがり、ハンガーラックからピーコートを手にとった。

小笠原はきいた。「どうかしたの?」

ピーコートを着こみながら莉子はいった。「その写真、どこか変だと思わない?」

「え?」小笠原は写真を眺めた。

きのうパソコンの画面でもしきりに観察した写真だった。税関職員の服装も本物の画像と照らし合わせた。偽物とは思えない。社名も間違いなくダンボールに印字してある。

だが莉子は真顔で告げた。「その写真は税関のものじゃないわ。でっちあげよ。イオナ・フーズなる会社はバナナの輸入なんかしていない」

「なんだって? どうしてわかる?」

「写真の左端、奥のほうに事務用デスクがあるでしょ。その上にペン立てがあって、緑いろのマーカーペンがおさまってる。見える?」

「ああ……。これか? ぼやけてるけど、なんとかわかるよ」

「それはコクヨの蛍光マーカーペン、ラインボルト。二〇〇七年のグッドデザイン賞も受賞してるぐらい、変わった形状が特徴なの。赤、青、黄の三種類しか発売されてない。暗い場所でも色の種類が判別できるように、キャップのかたちが違っていて、赤はまっすぐ、青は歪曲《わいきょく》してて、黄は尖《とが》ってる。そのペンは黄よね」

「だけど……緑いろになってるよ」

「画像編集ソフトで特定の色を別の色に変えたのよ。具体的にはフォトショップで『色合・彩度』ダイアログから『編集』で色を指定。写真のなかの黄いろを緑いろに変えたの」

「どうしてそんなことを？」

「バナナの色を変えるためよ。植物検疫法により、黄いろに熟したバナナを輸入する事は禁じられてる。もし害虫が寄生していたら、日本の農作物に被害を及ぼすからよ。だから、船便で届く輸入バナナはかならず緑いろなの。けれども日本の小売店では、室《むろ》と呼ばれる熟成室で追熟させて、黄いろくなったものしか販売されない」

「こいつらは税関を装った写真を撮ろうとして、緑のバナナが手に入らなかったわけか。それで写真をいじって違和感をなくそうとしたんだ」

「社名をネットで検索された場合に備えてそのサイトを作っておき、信用を得ようとしたんでしょうね。輸入業者は税関検査の写真を載せるところが多いし、その一枚があればごまました説明をせずに済むと思ったんでしょう」

小笠原は衝撃を受けずにはいられなかった。偽造写真に対してではない。莉子の恐るべき鑑定眼。まさに身震いを覚えるほどだった。

あの一瞬の観察で、莉子はなにもかも見抜いてしまった。写真にごく小さく映っているペン立てを、小笠原は凝視した。形状はルーペなしにはわからないほどだ。しかし莉子は、裸眼ながら即座に判別するに至った。

まったく恐るべし、万能鑑定士……。Qがどんな意味なのかは、いまもって不明であるが。

ハンドバッグを手にした莉子が、自動ドアに向かう。「夜七時まで待ってられない。午前十一時からの神田の料理教室、ぜひ拝見しなきゃね」

「もちろん」小笠原も後につづいた。「ここまでして、いったい何を目的にしてるのか、ぜひとも知りたいよ」

「あ、小笠原さん」

「何？」

「充分に気をつけてね」莉子は神妙につぶやいた。「さっきの写真、税関職員の制服は本物だった。やってることは雑だけど、それは時間的に追いこまれたからと思うべきね。ただの詐欺グループでないことはたしかだわ」

莉子が外にでていく。その後ろ姿を、小笠原は呆然《ぼうぜん》と眺めた。

危険のなかに飛びこむ。思わず寒気が襲った。相手の目的も正体もまるでわからない。それでも、相手側のテリトリーに踏みこまねばならない。光ひとつない闇のなか、何に襲撃されたかすら判然としないまま、食い殺されてしまうことさえ充分にありうる。

料理教室

サイトに地図は掲載されておらず、住所しかなかったが、定刻の寸前になんとか到着することができた。国道十七号、中央通り沿いに建つ平屋建て。どうやら潰《つぶ》れたコンビニエンスストアの跡らしい。看板も内装も取り払われてテナント物件になっていたところを、イオナ・フーズが押さえたようだ。

小笠原は莉子とともにその会場の前に立った。

イオナ・フーズ料理教室、入場無料と記された手書きの紙が窓ガラスに貼りつけてある。装飾はそれだけだった。

入り口の前では、三十代ぐらいのスーツ姿の男がふたり、歩道を行き交う人々に呼びかけている。自然食品輸入販売のイオナ・フーズです。新鮮なバナナの調理法をご覧ください。できあがりましたら、みなさまにご賞味いただきます。

駅に近いだけあってそれなりに人の往来もある。足をとめ、なかに誘《いざな》われていくのは高齢者ばかりだったが、ガラス越しに見える場内のパイプ椅子は八割がた埋まっている。五十人ほどで定員だろう。

莉子はつぶやいた。「なんだか胡散《うさん》くさそうな催しね。健康食品とか売りつけられそう」

「雰囲気はそんな感じだな」小笠原も同感だった。「怪しげなセミナーのにおいがぷんぷんする」

「しかもバナナの調理法って……。ミキサーでジュースにするぐらいしか思いつかないけど。スイーツの盛りつけ方でも教えてるのかしら?」

「チョコバナナとかじゃないかな」

「そんなのチョコを塗って冷凍するだけでしょ。わざわざ教える必要がある?」

「多少はあるんじゃないのかな。バナナが曲がりすぎていると串《くし》に刺さりにくいから、なるべくまっすぐなやつを選びなさい、とか」

「それ料理教室っていうかなぁ」

業者が声を張りあげた。「間もなく締め切りです。ご入場されるかたはお急ぎください」

莉子が歩を踏みだした。「行きましょ」

小笠原も並んで進んだ。業者がこちらを見る。いらっしゃいませ、とにこやかな顔で頭をさげてきた。

神楽坂での抽選会に来ていた連中のひとりだ、と小笠原は気づいた。一瞬ひやりとしたが、男がこちらを注視するようすはなかった。記憶に残っていないのかもしれない。

ベニヤの壁が剝《む》きだしの場内は、しんと静まりかえっていた。パイプ椅子を埋め尽くす高齢者たちは互いに知り合いではないらしく、ただじっと黙って座っているだけだ。彼らが見つめる方向には、壁を背にしてキッチンのセットが組まれている。流しと収納棚、大きな業務用冷蔵庫、それに調理器具がずらりと並んだテーブルもあった。ワゴンには、食材が山のように積みあげられている。

予想よりも本格的だと小笠原は思った。キッチンは持ちこまれたものらしく、設置位置は、おそらくコンビニ経営時にレジ裏だった場所だ。テナント物件ならまず水まわりは完備されているし、移動料理教室にはうってつけなのだろう。案外、理にかなった営業方針なのかもしれない。

最後列にふたつ空席があった。小笠原は莉子と目で合図し、無言のうちに揃《そろ》ってそれらの席におさまった。

腕時計をちらと見る。間もなく十一時だ。小笠原はデジタルカメラをポケットから取りだした。電源をいれ、フラッシュはオフにする。充分な明るさだ、照明がなくても撮影できる。

ところが、業者のひとりが歩み寄ってきて、小笠原に声をかけた。「すみません。撮影禁止ですので」

小笠原は意外に思ってきいた。「カメラ、駄目なんですか。調理法を記録したかったのに」

「恐縮ですが、メモをおとりください」

そのとき、後方に立ってハイビジョンカメラをまわしているスーツ姿の男を、小笠原は視界の端にとらえた。「あの人は？」

「彼は私どもの社員です。一般参加のかたは撮影できませんので、どうかご了承ください」業者はそういって、さがっていった。

莉子が眉《まゆ》をひそめてささやいた。「へんね。よほどの有名人でも講師に呼んでるのかしら」

しかし、莉子が口にした憶測が当たっていなかったことは、次の瞬間にあきらかになった。

さきほど入り口で呼びこみをしていた業者のひとり、三十代の痩《や》せた男がエプロンをまとって、キッチンのセットのなかに立った。

男はにこやかにいった。「みなさま、こんにちは。イオナ・フーズの立浪瑞樹《たつなみみずき》と申します。本日は、地中海風のバナナ天麩羅《てんぷら》の作り方をお教えいたします。ご家庭でぜひお試しくださいませ」

莉子は呆《あき》れた顔で小笠原を見つめてきた。小笠原も当惑とともに見かえした。

社員による料理教室、それもバナナを油で揚げるのを撮影禁止にするとは。よほどの秘密主義なのだろうか。

なんにせよ、こちらは秘密裏に取材にきている身だ。手ぶらでは帰れない。雑誌記者が持ち歩く記録媒体はデジカメのほかに、もうひとつある。

小笠原は胸ポケットにおさまったメモリーレコーダーの録音ボタンを指で探りあて、こっそりと押した。

立浪は笑顔で告げていた。「ご参加のみなさま全員に試食していただくため、こちらの大きなフライパンを三つ、同時に使います。この料理は、トルコの一般家庭に半世紀前から広く普及していたものです。バナナのほかに食材は、トルコ料理の常といたしましてトマト。それからさつまいも。卵。そして、ここが面白いところですが、コンソメキューブをご用意ください。お好みによって、薄味がよいと思われるかたはブィヨンをご選択ください。あとは薄力粉と油です」

料理教室が始まった。立浪のほか、ふたりの社員がキッチンに立った。三人が各々ひとつずつフライパンを受け持つようだ。コンロに火をいれ、フライパンに油をいれて蓋《ふた》をする。

さつまいもを取りだし、包丁で千切りにする。へたではないが、慣れていない手つきだった。なにしろ五十人前を用意するのだから、三人がかりでも相当な分量だ。

千切りにしたさつまいもを水にさらしてから、大きな缶で大量の薄力粉と卵、水を混ぜる。ホウキのように巨大な泡立て器には、参加者からどよめきがあがった。そこにさつまいもをたっぷりと流しこむ。

料理教室というよりは、学校の給食室もしくは被災地の炊き出しの様相を呈してきた。

三人は休む間もなく忙しく立ち働きつづけている。

ひとりが冷蔵庫に向かう。バナナが取りだされた。皮はすでに剝いてあった。丸裸のバナナが数十本、ワゴンに堆《うずたか》く積まれていく。まるで動物園の猿山の餌だ。

「さて」立浪はすでに汗だくだった。「ここでコンソメキューブを細かく砕きます。ご家庭では一個で結構ですが、いまは五十人ぶん必要ですので……」

コンソメキューブが十数個ずつ、三人に分配される。立浪たちはミートハンマーで、固いコンソメキューブをがんがん叩《たた》き、粉々に砕いていった。

力ずくの数分間の作業は終了し、フライパンの蓋が取られた。バケツのような容器に、これも十数本ずつに分けられたバナナが、それぞれのフライパンにいれられる。

一瞬、中華鍋《なべ》のように炎が立ち昇り、油で揚げるにぎやかな音が場内にこだました。

立浪は長い菜箸《さいばし》でフライパンのなかのバナナを転がしながら、大声でいった。「ここではきわめて強い火力で揚げていますが、みなさんのご家庭でおつくりになる場合、百八十度ぐらいで材料をいれてください。さて、揚げながらトマトの準備です」

またしてもトマトの山が運びだされてきた。三人はフライパンを火にかけたまま、その近くにまな板を置いて、トマトを細かく刻んでいった。一個ぶんを切り終わると、それをフライパンのなかにまんべんなく振りかける。激しく油が沸き立つ。そして、すぐに次のトマトを刻みにかかる。

イオナ・フーズの三人は、ところどころに危なっかしい手つきが見られるものの、総じてひたむきで実直、まじめに調理に取り組んでいた。小笠原は、当初の怪しげなセミナーという印象を薄らがせつつあった。こんなに大勢のぶんの料理をいちどにつくるとは意外だったが、彼らは真剣にこの仕事に臨んでいる。途中、退席する参加者も何人かいたが、それらを引きとめようとする素振りも見せない。なにかを売りつけようとする気配もない。ひたすら、調理と格闘しつづけるだけだ。

やがて三人がコンロの火を消した。立浪はにっこりと笑って告げた。「お待たせしました。地中海風バナナ天麩羅の完成です。それではみなさまに召し上がっていただきます」

試食はセルフサービスだった。キッチンの端に使い捨ての紙皿と割り箸《わばし》が用意され、それを手に並び、ひとり一本ずつバナナ天麩羅を受け取っていくしくみだ。

小笠原も莉子とともに列に並んだ。料理が一品だけということもあり、列の消化も早い。すぐに小笠原たちの番がきた。

立浪は一本のバナナ天麩羅を菜箸でつまみとり、小笠原の皿の上に載せながら、愛想良くいった。「イオナ・フーズのバナナを今後ともよろしくお願いします」

あいさつはそれだけだった。商品のごり押しもなければ、契約の強制もない。参加した高齢者たちは、それぞれパイプ椅子に戻って試食を始めている。早くも食べ終わった人は外にでていくが、社員が呼びとめるようすもない。

莉子はふしぎそうな顔をして、手にした皿の上のバナナを眺めていた。

小笠原はいった。「食べてみようか」

「そうね」と莉子はうなずき、バナナ天麩羅を口に運んだ。

どれどれ。小笠原もひとくち食べてみた。

揚げたてだけに、衣の食感はよかった。ぱりっとしていて歯ごたえも悪くない。

しかし、そのあとにくる味は、なんともいえないものだった。

バナナの甘さは天麩羅とそれなりにマッチしている。しかしそのほかの食材は、あまり舌に影響を与えていないように思えた。トマトは驚くほど薄味で、いれた意味はわからない。コンソメキューブも同様だった。

とはいえ、食通でない俺にわかろうはずがない。あれらの食材は、香りに貢献しているのかもしれないし、天麩羅の衣の食感に役立っているのかもしれない。

だが、莉子も浮かない顔をしていた。眉間《みけん》に皺《しわ》を寄せながら、ただ黙々と食べつづけている。

ふたりとも完食した。会場の扉のわきに、紙皿と割り箸を捨てるためのダンボール箱があった。そこにゴミを投げいれて、外にでる。

しばらく会場から遠ざかり、歩道で小笠原は足をとめた。

「どうだった？」と小笠原は莉子にきいた。

「……美味《おい》しくも不味《まず》くもなかったわ」

「やっぱり？　僕もそうだよ。料理のことはよく知らないから、わからないだけかと思った」

「いえ。地中海料理のレシピとして考えた場合、食材の選択はそれほどおかしくもないんだけどね。日本では農水省がバナナを果物に分類してるけど、本来、バナナの木ってのは樹木じゃなくて巨大な草なの。だから諸外国では野菜として扱われてるし、トマトやさつまいもと揚げるのも奇異なことじゃないわ。だけどね……」

「なにか気になる？」

「どうしてバナナを揚げはじめてから、トマトを切ったんだろ。先に切っておけばよかったのに」

「新鮮味にかかわるから、じゃないの？」

「変わらないわよ。トマトはベースの味を調えて、コンソメキューブの肉のくさみも消してくれる。三人揃ってあの手順を踏んでいたから、忘れていただけとも思えないし……。そうだ、新鮮味といえば、そもそもなぜ天麩羅なの？　輸入したバナナが新鮮だと主張したいのなら、油で揚げちゃ意味がないのに」

「彼らは本物の輸入業者じゃなくて、そう装っているだけなんだよ。あれも店で買ってきたバナナにすぎない。新鮮さがないのをごまかそうとしているんだ」

「そうね……。でも、それを大勢の人に無料で食べさせて何になるんだろ。バナナの売りこみもなかったし、わたしたちの連絡先も聞かれなかった。嘘はついていても、詐欺は働いていない。いったい何の目的で……」

莉子はふいに口をつぐんだ。

小笠原はきいた。「どうかしたのか?」

「あの立浪って人が最初にいった言葉、覚えてる?」

「ええと、なんだっけ。ああ、そうだ」小笠原は胸ポケットから、メモリーレコーダーを取りだした。

「何それ?」と莉子がたずねてきた。

「ずっと録音してたんだよ」小笠原は停止ボタンを押した。「いまの料理教室で立浪が喋《しゃべ》ったすべてが収録されてる」

莉子はいろめきだった。「聴ける?」

「もちろん」小笠原はメモリーレコーダーの再生ボタンを押してから、莉子に手渡した。

音声は明瞭《めいりょう》にきこえてきた。立浪の声が告げる。「この料理は、トルコの一般家庭に半世紀前から広く普及していたものです。バナナのほかに食材は、トルコ料理の常といたしましてトマト。それからさつまいも……」

「そうよ。変だわ」莉子の目が輝きだした。「トマトは、いまではたしかにトルコ料理の代表的食材だけど、トルコ国内で本格的に栽培されるようになってから、まだ四十年ぐらいしか経ってない。あんなレシピが半世紀前に一般家庭に普及していたなんて……」

「あいつら、また嘘ついてるってことか?」

「ええ。詳しく調べる時間がなかったんだわ」

「時間って？」

莉子はなおもしばらくのあいだ、メモリーレコーダーの録音内容に耳を傾けていたが、やがて鋭くいった。「とめて」

小笠原は停止ボタンを押した。「なにかわかった？」

「……すぐに行かなきゃ」莉子は真顔でそういうと、足ばやに歩きだした。

「待ってよ。行くって、どこに？」

「警察署よ」

「なんだって、警察？」小笠原は莉子に追いつき、歩調をあわせた。「怪しいってだけじゃ警察は捜査してくれないよ？　事件性がないと」

「わかってる」莉子はまっすぐに前を見つめ、歩きつづけた。「重犯罪よ。きっと警察も動いてくれる」

警察署

小笠原は、凜田莉子について歩いていくしかなかった。莉子は神田駅の改札口に向かい、パスモで構内に入った。小笠原もそれにならった。

中央線の下りに乗って、しばらく揺られる。御茶ノ水駅で下車したが、莉子は出口への階段をのぼらず、なぜか各駅停車の乗り場に立ち止まった。

ホームを眺めながら小笠原はきいた。「外に出なくていいの？　神田警察署はここから明大通りを下ると近いよ」

莉子はたずねかえしてきた。「どうして神田警察署？」

「さっきの会場は神田駅の……。あ、そうか。イオナ・フーズの本社は渋谷だったね。渋谷警察署に行くわけか」

「行かないって。渋谷じゃ知り合いもいないし」

どういうことだろう。警察関係の知人でもいるのだろうか。

滑り込んできた総武線に乗り込む。今度の車内は空いていた。窓の外に神田川が流れる。水も澄んでいてきれいだった。水道橋付近にはいくつものボートが浮かんでいた。並木の桜は散りだしていて、枝に青いものが混じってきている。

莉子が見つめてきた。「小笠原さんはどうして雑誌記者になったの?」

「え? どうしてって、まあマスコミはいつも人気の職業だし、片っぱしから一次試験を受けていって……。さいわい角川では二次の面接に進めて、で採用になった。それだけのことだよ」

「角川も倍率高かったでしょう?」

「僕のときで四百倍だったかな。ラッキーだよ。いまはもうちょっと倍率があがったみたいだ。ほかの大手出版社が大赤字をだしてるし、この三月期の決算でも角川だけ黒字だったし」

「『週刊角川』に入るのは、自分で希望をだしたの?」

「そう。他社の同じような雑誌と違って、ゴシップを扱わないからね。上品に思えた。でも売り上げは伸び悩んでる。うまくいかないもんだね」

「それっていいことよね。人を傷つけないし。つまり……」

「つまり?」

莉子は微笑した。「小笠原さんは立派な人ってこと」

「あ……それは、どうも」

ふいに誉められると、どのように応じていいかわからなくなる。美人で博識の莉子が相手では、なおさらだった。

電車がゆっくりと速度を落とし、ホームに入っていった。飯田橋駅。

すると莉子が動きだした。ここで下車するらしい。

停車し、扉が開くと、莉子はホームにでていった。小笠原は莉子を追いかけながらきいた。「店に戻るの？」

「いいえ」と莉子はつぶやき、階段を下りだした。それっきり口をつぐみ、無言のまま歩を進めていく。

秘密主義というわけではなさそうだが、莉子はすべてを明瞭《めいりょう》に説明してくれないことがある。あるいは彼女の頭がよすぎて、こちらも同様に理解できていると思っているのかもしれない。莉子の思考と判断の速さに、こちらとしてはついていくのが精いっぱいだった。

改札をでるとすぐに、莉子は大江戸線の改札に下りていった。小笠原もつづいた。建築家の渡辺誠がデザインした近未来的な駅構内に入り、ホームに至る。ちょうど都庁前駅方面の電車が滑りこんできた。

その電車に乗り、無言のまま揺られてひと駅。牛込神楽坂駅に到着すると、莉子はホームに降りていった。

上りエスカレーターのわきに出口の案内表示がある。管轄の警察署の表示に小笠原は気づいた。

「牛込警察署?」と小笠原は莉子にたずねた。

「そうよ。うちの店の管轄だから馴染《なじ》み深いし」

改札を抜け、地上にでて、大久保通りに沿って歩く。ほどなくグレーのビルが見えてきた。高さは十階ほどある。重厚な印象だが、まだ建物としては新しかった。前面はほとんどガラス張りで、桜の代紋がなければ商社のビルに思えるほどだ。

莉子とともに、小笠原は署内に入った。ロビーは二階までの吹き抜けだった。来署した区民たちが待合の長椅子で手持ち無沙汰《ぶさた》げにしている。莉子はそこに加わらず、案内のカウンターにも立ち寄らなかった。エレベーターのわきの階段をあがっていく。

三階に着くと、廊下の突き当たりの開放された扉のなかに、莉子は踏みいっていった。

小笠原は気後れしながら彼女の背を追った。そこはいわゆる刑事部屋で、フロアにずらりと並んだ事務デスクに、大勢の私服警官がおさまっていた。書類仕事に追われている者もいれば、電話をかけている者もいる。総じて厳めしい顔つきの男が多かった。

警察署に来たのは初めてだ。武骨で物々しい雰囲気に圧倒されそうになる。同じデスクワークでも、互いがどことなく友達感覚の雑誌編集部とはずいぶん違う。

近くのデスクの男が顔をあげた。「なにか?」

莉子がいった。「葉山《はやま》さんに用がありまして」

男は部屋を振りかえって、声を張りあげた。「知能犯捜査係。葉山翔太《しょうた》警部補」

はい、と返事が響き、ひとりの男が立ちあがった。

やりとりは体育会系だ。しかしながら、葉山という男はほかの刑事たちとは異なる印象だった。身体つきは痩《や》せていて、七三に分けた髪も長めにしている。年齢はまだ三十代だろう。やや面長の馬面だが、この刑事部屋ではハンサムの部類に入るかもしれない。とはいえ、目に覇気がなく、無精ひげが生えていて、ネクタイも歪《ゆが》んでいた。

葉山は近くまでくると、莉子に目をとめ、いっそうくつろいだ姿勢をしめした。どことなく飄々《ひょうひょう》とした雰囲気をまといながら、葉山はいった。「あなたですか、凜田さん。なんでも鑑定士さんが、また何の用でしょうか」

莉子は葉山の態度に腹を立てたようすもなく、笑みを絶やさず告げた。「怪しい業者がいるんです」

はあ、と葉山は気のない返事をした。「あなたが被害に遭われたんじゃないんでしょう？　このあいだの一件と同じで」

「……あれは葉山さんのお手柄になったはずですけど」

同僚にきかれたくないと思ったのか、葉山は顔をしかめて周りを一瞥《いちべつ》した。莉子に向き直り、声をひそめていった。「いろいろご協力いただいたことは感謝してますよ。でもね、過去は過去だ。正直あのときも、万能鑑定士というものだから、大勢の専門家が在籍してる店と思って出向いただけでね。若い女性がひとりいるだけだと知っていたら、最初からうちの鑑識を使いましたよ」

「鑑識さんにはだせない答えだったと思いますけど」

「まあ……それはそうかもしれませんけどね、凜田さん。いまはちょっと忙しいんです。相談は下の受付でお願いします。ここにあがってこられても応じられません」

「急を要することなんですよ」

葉山はじれったそうに頭を掻《か》いた。「どんなことです？　被害者は？」

「まだでてません。でもこれから、確実に被害に遭われるんです。今晩七時に」

「今晩七時。まるで番組の宣伝ですな。何も起きていなければ警察は動けません。民事不介入の原則がありますよ」

「あきらかな刑事事件です。それもおそらくは凶悪犯です」

「凜田さん。立件できて、はじめて刑事事件ですよ」

「防犯も警察の務めでしょう?」

「ですから、受付で相談なさってください。巡査をパトロールに行かせるぐらいはできるでしょう。じゃ、手が離せないので、これで」

葉山はぶらりとその場を離れる素振りをみせた。

どうやら莉子は葉山という警部補に対して、非公式ながら貸しがあるらしい。だが葉山は、そのときの恩義をさほど感じていないようだ。邪険な態度は、周囲の目を気にしてのことのように小笠原には思えた。民間の若い女の力を借りているとなれば捜査員としての沽券《こけん》にかかわる、葉山はそんなふうに思いこんでいるのかもしれない。

周りの刑事たちも、会話を聞かなかったふりをしながら仕事に勤しんでいる。ここには積極的に莉子の申し立てに耳を傾けようとする者は皆無らしい。

無駄足だったか。小笠原がそう思ったとき、ひとりの若い刑事が葉山に近づいてきた。

若い刑事はひそひそといった。「葉山さん。道警から連絡がありました」

葉山も小声できいた。「どこの湖にあった?」

「いえ……。それが、まだ見つからないらしくて」

「なんだと?」葉山は依然として声をひそめていたが、興奮しているせいだろう、言葉が聞き取れるていどに響いてしまっている。「北海道の湖の水は澄んでる。浅いところに十トントラックが沈んでれば、すぐに気づくだろうが」

「被疑者の供述が正しければ、そのとおりです。道警は六百人近い捜査員を動員してるんですが、どの湖畔にもそれらしき形跡はないとのことで」

「馬鹿をいえ。いいか、雲津《くもづ》。あの被疑者は北海道のどこかの湖に沈めたといってるんだ。見つからないわけがない」

雲津という若い刑事は困惑のいろを深めた。「道警は湖じゃなく川ではないかといってます。被疑者の供述に誤りがあるのではと……」

「いいや。あいつは図面まで描いて供述したんだぞ。間違いなくどこかの湖だ。それも、でっかい湖……」

奥のほうのデスクにいた、上役らしき初老の男が低く声をかけてきた。「葉山」

「は……はい。係長」

「どうした。すぐ発見に至る見込みじゃなかったのか」

「そのう」葉山は恐縮したようすでいった。「なにぶん道警と連絡を取り合ってのことですので……。見落としがないよう、こっちで国交省と農水省から北海道の湖の一覧を取り寄せまして、そのなかから供述内容に合致する湖をリストアップし、道警に虱潰《しらみつぶ》しにあたってもらっております」

「きょう、すべての湖を調査し終えるという話じゃなかったか」

「そうなんです……。でも、ないはずはないんです。ですが、あのぅ」

係長は咎《とが》めるように告げた。「被疑者の勾留《こうりゅう》期限は明日までだぞ。本庁にどう説明する」

「わかってます。もういちど有力な場所を調べてもらうよう、道警に要請を……」

するとそのとき、莉子がいった。「摩周湖《ましゅう》」

刑事部屋はふいに静まりかえった。視線が交錯し、やがて誰もが莉子に注視する。

葉山が振りかえった。「何？」

「摩周湖です」莉子はすました顔で繰りかえした。「調べてないでしょう？」

沈黙のなかで、葉山は大仰にため息をついた。「聞き耳立ててたんですか、凜田さん。そんな有名な湖、警察が見落とすとでも？　あなたみたいに綺麗《きれい》な人と話ができるのは嬉《うれ》しいですが、そのユーモアのセンスはいま求められてないんです」

臆《おく》するようすもみせずに莉子はきいた。「そう？」

葉山は一瞬、たじろいだような反応をしめした。

そのとき、雲津が声をあげた。「あっ」

雲津は驚きのいろを浮かべていた。手にした書類を葉山にしめしながら、叫びに似た響きで告げた。「葉山さん。リストに摩周湖がありません！」

「なんだと!?」葉山は衝撃を受けたらしく、目を剝《む》いて雲津からリストをひったくった。

「ふざけるな。供述内容にぴったりの広大なカルデラ湖じゃないか」

しばらくのあいだ、葉山は紙を穴があくほど見つめていた。

やがて、茫然自失《ぼうぜんじしつ》の面持ちで葉山はつぶやいた。「ない……。でもどうして……」

莉子は穏やかにいった。「摩周湖は水源とする河川がないため、国土交通省では湖としての登記がされていません。いっぽうの農水省でも、樹木がないという理由で登記されていないため、法律上、巨大な水たまりとしての扱いになっています。十トントラックを捜しておられるそうですけど、リストアップした湖になければ摩周湖しか考えられません」

雲津があわてたようすで葉山にいった。「ただちに道警に連絡をとりましょう。人海戦術で摩周湖の全域を調べて……」

その言葉を制するように莉子が告げた。「阿寒《あかん》国立公園の特別保護地区に指定されているから、湖畔に乗りいれられる一般道はありません。唯一の道は裏摩周展望台の西側にある業者用の道路で、十トントラックが入れるのはそこだけです。水辺のぎりぎりまで運転してからドライバーが飛び降り、トラックを水没させたとするなら、エンジンの吸気系に水が入るので車両は水深五メートル以内のところで停まります。摩周湖の透明度は群を抜いていて、二十メートル前後です。ですから業者用道路から見ればすぐわかるでしょう」

刑事部屋は静寂に包まれていた。男たちの目は莉子から葉山に移った。

同僚たちの厳しい視線にさらされ、どうにもならなくなったようすの葉山は、リストを雲津に押しつけた。「道警に連絡しろ。摩周湖の業者用道路だ」

はい。雲津が踵《きびす》をかえして走り去る。刑事部屋にまたざわめきが戻ってきた。

葉山は苦い顔でたたずんでいたが、やがてゆっくりと莉子の前に歩み寄った。

莉子を無碍《むげ》に追い返すことは、この場の空気からしてもはや不可能だと考えたのだろう。葉山は頬筋をひきつらせながら、莉子にたずねた。「それで、きょうはどんな相談で?」

「ご説明します」莉子は笑顔でそういってから、小笠原に手を差しだしてきた。「メモリーレコーダーを貸して」

イオナ・フーズの立浪という男のセリフが録音されたメモリーレコーダー。小笠原は莉子に手渡した。

葉山は壁ぎわの扉を指さした。「向こうの会議室でうかがいましょう」

莉子が歩きだす。葉山がそれにつづき、小笠原も歩調を合わせようとした。

ところが葉山は立ちどまり、小笠原を振りかえった。「あなたは誰です? 凜田さんの仕事仲間?」

「いえ……。僕は小笠原といいまして……」

「申しわけないが、部外者は立ち入り禁止でして」

莉子が葉山にいった。「こちらは雑誌記者さんです。『週刊角川』の」

「記者？」葉山は眉《まゆ》をひそめた。「それなら、なおのこと遠慮してください。取材は許可を得ていただかないと。さあ、凜田さん。そちらへどうぞ」

葉山にうながされ、莉子はやや戸惑ったようすだったが、ほかにどうすることもできないらしく会議室の扉に向かった。

ふたりが入っていった会議室の扉は固く閉ざされた。刑事部屋に居残った一般市民は、小笠原ただひとりだった。

記者という素性をきいたからか、刑事たちの態度はいっそう冷淡なものになった。誰も目をあわせようとしないし、椅子ひとつすすめてこない。

まあ、所詮《しょせん》は警察だ。茶をだしてくれるはずもない。小笠原はその場にたたずんで、ぼんやりと時が経つのを待った。

やがて会議室の扉が開いた。

先にでてきたのは葉山だった。さっきよりも神妙な顔になっている。眉間《みけん》に深い縦皺《たてじわ》が刻まれていた。

「雲津」葉山が呼びかけた。「一課と三課で手があいている捜査員を何人か連れて、ロビーに降りてろ。俺は係長と話す」

「え」雲津は面食らったようすだった。「でもいまは道警からの返事待ちで……」

「捜査本部には代わりの誰かを就かせろ。被疑者を所轄内で確保しただけの事件と、これから近場で起きる事件とでは重要度が違う。詳しいことは後だ」

「……わかりました」雲津は素早く背を向け、足ばやに遠ざかっていった。

葉山は、小笠原と莉子をかわるがわる見て、硬い顔でいった。「おふたりにも来てもらいましょう。細部については現場で助言をいただかないと」

莉子はうなずいた。「だいじょうぶです。ね、小笠原さん」

「え……？　ああ、そうだね」

葉山は無言のまま小笠原を見つめてから、さっさと立ち去っていった。

思わずため息が漏れる。小笠原は莉子にきいた。「いったい何がどうなってる？　どんな事件なんだ？」

「小笠原さんが想像してるとおりよ。現場が楽しみ」莉子はそういって、葉山につづいて歩きだした。

その後ろ姿を見送りながら、小笠原は首をかしげた。やっぱり彼女は、俺の思考を買いかぶりすぎている。莉子と同じものを見聞きしていながら、俺にはなんの想像も憶測も浮かんでいない。謎は謎のままだ。

神楽坂

夜七時前の神楽坂は、会社帰りのサラリーマンやOLらでにぎわっていた。ほとんどは洒落《しゃれ》たレストランのエントランスに吸いこまれていくが、なかにはまだ待ち合わせの時間まで間があるのか、イオナ・フーズ料理教室の手書きの札の前に足をとめる人も少なくない。

春といっても日没後はまだ肌寒い。外に棒立ちになっているよりは、風をしのげる場所に入りたい、そういう思いも手伝っているのだろう。

小笠原は、マンション一階にある例の超優良物件に会場を構えた料理教室を、道を挟んだ反対側の歩道から眺めていた。

昼間とは一部違うメンバーのようだが、外にでて呼びこみをおこなっているのはやはり立浪という男だった。立浪はにこやかに声を張りあげていた。「新鮮なバナナ素材を用いた地中海風天麩羅《てんぷら》料理の作り方をご披露します。無料で試食していただけます。どうぞお立ち寄りください」

神田の会場よりも人だかりがある。入り口のわきにハイビジョンテレビが設置してあって、昼間の料理教室のもようを流しているからだ。

あのとき俺はデジカメでの撮影を断られたが、社員はハイビジョンカメラをまわしていた。いま再生中の映像は、まさにそのときのもののようだった。音声は消されているが、三つのフライパンから立ちのぼる火柱、そこに放りこまれるバナナの山など、記憶に残っているとおりの調理手順だった。

大人数ぶんの料理をいちどに手がけたのは、この映像のインパクトを高めるためか。たしかに、大量の食材と巨大な調理器具を使った三人がかりのパフォーマンスは、画面を通して観てもそれなりに迫力がある。物珍しさもあって集客力につながるのだろう。すでに会場内のパイプ椅子は八割がた埋まりつつある。

夜間のせいで、場内は蛍光灯によりあかるく照らしだされている。おかげで、なかのようすはよく見える。奥にセッティングされているキッチンや業務用冷蔵庫の位置も、神田の会場と寸分たがわなかった。

小笠原は並んで立つ莉子にいった。「寒いね。あのバナナ天麩羅の味が恋しくなってきたよ」

チェックのマフラーを首に巻いた莉子は、こちらを見て眉《まゆ》をひそめた。「本気?」

「いや、温かいものならなんでもいいんだけどね。ラーメンが食いたいなぁ」

そのとき、警部補の葉山が硬い顔で歩み寄ってきた。

葉山はコートのポケットに両手を突っこみ、辺りに視線を配りながら告げてきた。「おふたりとも、ここから動かないでください。すべてはわれわれ捜査員にまかせて、けっして独断で行動に走らぬように」

若手の刑事、雲津が息を弾ませながら駆けてきた。「葉山さん。……捜査員は配置につきました。ただ、裏手と左隣りには入りこめるんですが、右隣りは料理教室に物を運びこむ動線として使われてて、立ち入り禁止になってます」

葉山が振りかえった先を、小笠原も眺めた。

会場のあるマンションと右隣りのレストランの入ったビルのあいだには、人ひとりぶんが通れるほどの隙間がある。その隙間は、歩道に乗りあげた白いバンが横付けされることによってふさがれていた。

ふん、と葉山は鼻を鳴らした。「あっちは仕方ないだろう。おまえは会場のすぐ近くに立て。それとなくだぞ。俺は裏にまわる」

はい。雲津が応じて、ぶらりと車道を渡り会場前の歩道に向かう。

「いいですか」葉山は念を押してきた。「くれぐれもここから動かぬように。被疑者確保はわれわれの仕事ですから」

何が起きるのかさっぱり予測がつかないが、警察が莉子の説得を聞きいれたのは間違いないようだ。

小笠原は葉山にきいた。「凜田さんの申し立ては、よほど重大な事件につながることだったんですね」

葉山は表情をこわばらせた。「まだ確証はありませんよ。私としても半信半疑だが、凜田さんのおっしゃることですから。実際、さきほど道警から連絡もありましてね。摩周湖の業者用道路付近で、水没トラックが発見されたと」

「それはよかった」小笠原はうなずいてみせた。「で、どんな事件だったんです。そのトラックの一件は？」

「雑誌記者さんには話せませんよ」葉山は口もとを歪《ゆが》めた。「本庁の公式発表をお待ちください。じゃあ、私は行きます。片がつくまで、動かないでくださいよ」

本庁と道警に板挟みになっていたようすの事件が落着したせいか、車道を横断する葉山の足取りは軽かった。本日二件めの手柄にありつけそうな現状においては、気分も高揚しているのだろう。

会場内では、すでに料理教室が始まっている。立浪の声はよく通り、開放された扉から車道を挟んで、小笠原の耳までかすかに届くほどだった。「ご参加のみなさま全員に試食していただくため、こちらの大きなフライパンを三つ、同時に使います。この料理は、トルコの一般家庭に半世紀前から広く普及していたもので……」

小笠原は莉子にささやいた。「前口上の間違い、いまだに直ってないな」

莉子は笑った。「そうね」

「なあ……凜田さん」

「何?」

「凜田さんを見てると、積極的にもめごとに首を突っこんでるみたいだ。いや、悪い意味じゃないんだよ。でも仕事そっちのけで、この業者にここまで食いさがった理由は? 楢崎さんへの同情だけがその理由かい?」

「当然でしょう?」莉子はふしぎそうな顔をした。「それ以外に何があるの?」

「いや。……だとしたら、変わってるよね」

「どうして?」

「きみ自身の得になりもしないことなのに、頭をフル回転させて、犯罪を予期し、警察まで動員させてる」

ああ、と莉子は穏やかな表情になった。「かもね。わたし、先走りすぎかもしれない。けど、実家も裕福じゃなかったし、上京してからも貧乏暮らしで……。支えてくれた人たちに恩を感じてるの。みんな大好きなの。問題が起きそうなら、それを解決しなきゃ。誰も積極的にいがみあおうなんて思っていないはずよ。軋轢《あつれき》をなくす方法に気づいたら、実践のために動かないと。わたし、それぐらいのことしか考えられないんだよね。本当はちっとも頭よくないから……」

「そんなわけないよ」小笠原は笑ってみせた。「きみには才能があるんだよ。物の価値だけじゃなく、人の心の善し悪しまでも直感的に鑑定できるんだ。だから楢崎さんを助けたいと思ったし、ああいう悪徳業者の嘘は許せないと思った。きみは正しいよ。純粋で、飾りっけがなくて」

「それ、小笠原さんのわたしに対する鑑定？」莉子は微笑した。「ありがとう」

「……どういたしまして」小笠原は恐縮しながらつぶやいた。

こちらの心も見透かされてしまうのではと思うと、妙にどぎまぎする。莉子に対する好意は伝わってほしいが、彼女はあまりにも才覚にあふれていて、唐突に何をいいだすかわからない。

実際、いまも状況が把握できない。事件というが、いったい何が起きつつあるのか。

会場では立浪がコンロに火をいれたところだった。フライパンに油をひいて蓋《ふた》をする。

「凜田さん」小笠原は戸惑いながらいった。「じつは何も思い浮かばない。あの立浪って男は、どんなことをしでかそうと意図してるんだ?」

莉子がじっと見かえしてきた。

しかし、その大きな瞳《ひとみ》は澄んでいて、呆《あき》れたようないろもなければ、蔑《さげす》むようなまなざしもなかった。むしろ、彼女がいつも見せる他人に対する思いやりを内包した視線。それがいま自分に向けられている、小笠原はそう感じた。

冷静な声で莉子が告げてきた。「小笠原さん。超高層ビルの高速エレベーターで、イージーリスニング調のBGMがよく流れてるでしょう。あの理由を知ってる?」

「……さあ。乗ってるあいだは退屈だから、暇つぶしのためじゃないの?」

「それもあるだろうけど、あれはエレベーターの音を消すためなのよ。高速エレベーターの作動音って人を不安にさせるから、聞かせないようにしてるの」

「そう? あの手の音楽ってそんなに音量も大きくないし、かすかに聞こえるていどだよ」

「でもエレベーターのモーター音は聞こえない。そうじゃない?」

「ああ。そうだね。音のしないエレベーターかと思ってた」

「あれは聴覚のマスキング効果を利用してるの。ふつう人の聴覚っていうのは、複合音を耳にしたとき、その成分となる音を別々に聞きわける能力を持ってるの。この現象は音響のオームの法則と呼ばれてる。でも低い周波数の音に対し高い周波数を重ねると、耳のなかの非線形性のために聴覚内に高調波が生じて、低い周波数は認知されなくなる」

「掻《か》き消すほどの大きな音じゃなくても、周波数の高さでもうひとつの音を消せるってのか？」

「ええ、そうよ。けど聴覚のマスキングが発生するには、両者の音の周波数が一定の音圧レベルになっている必要がある。これはマスキングしきい値という数値で表されるの。厳密に計算しようとすればきりがないけど、音高一キロヘルツに対し、〇・三キロヘルツで二十デシベルを最低値に……」

「待ってくれ。まさかそれが、この料理教室の意図するところか？」

「だと思う」莉子はうなずいた。

立浪たち三人の料理人は、ホウキのような泡立て器で、大きな缶を混ぜる。半鐘のような音が鳴り響く。

莉子はいった。「マスキングしきい値を考慮すれば、この音によって消えるのは小型のモーター音。電動ドリルだとノイズが数値を下まわるから消えない。電動スクリュー式ドライバーの音なら消せる」

やがて立浪たちは、ミートハンマーを手にした。コンソメキューブを盛大な騒音とともに叩《たた》き粉々にしていく。

「この音はね」莉子はつづけた。「アセチレン切断用バーナーを鋼材にあてたときのノイズが、消せる音としてちょうど当てはまる。八十五デシベルには達するだろうから、打ち消すための音もそれなりに大きくしているのね」

ひとつのフライパンにつき十数本ずつのバナナが投入される。炎が立ちのぼり、油で揚げるにぎやかな音が響く。

「これは、電動カッターで鋼材を切断する音に対しマスキング効果がある。九十デシベルの音に対し七十デシベルていどでも、マスキングしきい値のなかで適正な音圧をとれば消せるのよ。ガラスを割る音もここで消せる」

三人はフライパンを火にかけたまま、そのわきにまな板を置いた。トマトを細かく刻みはじめる。

「どうしてこの段取りでトマトを刻んだか。消さなきゃならない音があったからよ。この音に対しては、サッシを開ける音、およびフローリング上での靴音がマスキング対象になる」

小笠原は衝撃を受けた。「それってつまり……」

「そう」莉子はいった。「オートロック式マンションの二階の侵入盗の手口。最も多いのは、路地か裏手に面した鉄格子つきの小窓を壊し侵入する方法。そこには防犯用の警報装置がついていないことが多いからよ。ドライバーでネジを外し、バーナーと電動カッターで鉄格子を切断、ガラスを破る。泥棒の常套《じょうとう》手段でしょう」

そのとき、どすのきいた声が神楽坂に響きわたった。動くな。警察だ。

料理教室の会場では、立浪がびくついたようすで手をとめた。ほかのふたりも動きをとめている。

しかし騒動の現場は会場ではなかった。白いバンと建物のわずかな隙間に、続々と私服警官らが身体を滑りこませていく。

騒音がきこえてきた。会場の上、二階からのようだ。窓はカーテンがかかっているが、照明が灯《つ》いたり消えたりしている。

怒号が響いてくる。でてこい。動くな。うるせえ、離せ。なんだてめえらは。

私服警官らは料理教室にも踏みこんでいった。立浪たちは調理器具を放りだし、逃げる素振りを見せたが、すぐに制服警官らも応援にかけつけた。三人は観念し、呆然《ぼうぜん》としたようすで立ちつくした。

小笠原は莉子を見た。莉子も小笠原を見返した。

葉山はふたりにここで待機するよう指示したが、ことが終わるまでという約束だった。捕り物はどうやら一瞬にして片がついたようだ。もう遠方から傍観する必要もない。

「いってみよう」と小笠原は歩を踏みだした。

「そうね」と莉子も歩きだす。

道路を横断し、マンションに近づいた。料理教室の参加者たちはパイプ椅子で固まったまま、呆気《あっけ》にとられた表情を浮かべている。私服警官が説明に入っていた。みなさん、私たちは警察です。いま階上の侵入盗の現行犯逮捕に伴い、参考人の身柄を確保しております。混乱を避けるため、そのままお座りになっていてください……。

白いバンの陰から、葉山が姿を現した。それから、雲津ともうひとりの刑事に引きたてられ、手錠をかけられた男が姿を見せた。

見かけた顔だ。たしか神田の料理教室にいた。立浪と同じく年齢は三十代、痩《や》せていて、静かにしていれば生真面目そうにみられる男だった。

いま、その男は身をよじらせて、連行に対し抵抗の意志をしめした。

「放せ！」男は怒鳴り散らした。「放せってんだよ。こんなことをして、おまえら後悔するぞ」

「うるさい」雲津が一喝した。「さっさと歩け」

「何もしてない！　罪になることなんてしてないんだ」

「馬鹿をいえ。あれはおまえの部屋か？　赤の他人の住んでいる部屋だろうが」

「それはそうだけどさ……。話をきいてくれよ。俺は……」

「いいぶんは署できく。さあ、クルマに乗れ」

　マンションの前に停まったセダンの屋根から、赤色灯が顔をだした。男はなおも叫んで暴れたが、結局は後部座席に押しこまれた。

　早くも野次馬が集まりだしている。制服警官らが人垣を押しとどめようとしていた。さがってください。車道に立ちどまらないで。通行を妨げないでください。

　葉山は険しい顔で容疑者を見つめていたが、覆面パトカーが走りだすと、その目をこちらに向けてきた。

「良心的な雑誌記者さんですな」葉山は淡々といった。「事件現場に居合わせても写真を撮ろうとしないとは」

しまった。小笠原はあわててポケットをまさぐった。デジカメを取りだし、電源をいれる。こんなときに限って画像データ閲覧モードになっていた。伊豆《いず》の社員旅行の写真が映っている。あわててモードを切り替えてカメラを被写体に向けた。

だが、遅かった。覆面パトカーはすでに遠くに走り去っていた。

情けない。一日じゅう凜田莉子に張りついていたのに、ここぞというときにスクープを逃してしまうなんて。

失望を感じているのは小笠原ひとりのようだった。葉山は笑いを浮かべていた。「凜田さん。おっしゃるとおりでした。あいつはこの白いバンの陰から、ビルの側面をよじ登って、小窓を破って侵入を試みてました」

莉子が葉山にきいた。「住民のかたに怪我は……?」

「いや、それが、まだお帰りになっていないようです。事前に調べましたところ、二階の部屋には公務員のかたが独り暮らししておられたようで。雲津たちがここに残って現場の被害を調べますから、いずれご帰宅されれば事情説明を受けるでしょう」

「そうですか」莉子は心底安堵《あんど》したようすだった。「よかった」

葉山は会場の入り口にあるハイビジョンテレビを見やった。「これが昼間の教室のもようですかね」

「ええ」莉子がうなずいた。「ここで奇妙な調理法をいきなり披露したのでは怪しまれるかもしれない。彼らはそう心配して、事前に同じ手順を映像で紹介したんです」

「ほかの会場でも客前で演じたのは、練習というかリハーサルを兼ねてのことですかね」

「それもあるでしょうし、移動料理教室という実績をつくっておきたかったんでしょう。このテナントのオーナーに不審がられて、実施を断られたら元も子もないですから」

「するとオーナーはグルではないんですか」

「もちろん。ただし、仲介業者はその限りではないですけど。なにしろ、彼らと結託して偽の抽選会を催してたんですから」

「その抽選会も、あえて大勢の人を集めておいて、イオナ・フーズは偶然に契約できたにすぎないと印象づけたわけですね」

「そうです。事前に疑惑を持たれないための工作です」

「なるほどねぇ。あなたの頭の回転の速さには、ほんと敬服しますよ。うちの部下にもあなたみたいな人間がほしい。じゃ、私は署に向かいます。のちほどお会いしましょう」

葉山は頭をさげると、現場に続々と集結しているパトカーのうち、一台の助手席に乗りこんだ。そのとき、別の警官たちによって立浪が連行されてきた。

立浪は苦い顔でこちらを一瞥《いちべつ》した。神田で、あるいはここでの抽選会で会った男女だと気づいただろうか。表情からは見てとれなかった。立浪はパトカーの後部座席に押しこめられた。

辺りに黄色いテープを張りめぐらす作業が始まった。制服警官が怒鳴っている。歩道のこちら側は閉鎖します。離れてください。反対側の歩道を通行してください。

取材の腕章をつけていない小笠原も、閉めだされる対象にちがいなかった。小笠原は莉子とともに歩きだした。

小笠原は感服しながらいった。「いやあ、たいしたもんだ。凜田さん、音まで鑑定できるんだね」

莉子は照れているように下を向いた。「専門ってわけじゃないけど、知識としては得ていたから……」

とそのとき、小笠原は歩道に立ちどまった人にぶつかりそうになった。

「あ、すみません」小笠原はあわてて回避した。

すると、その人物はただ呆然とこちらを見かえした。

年齢は四十代ぐらい、痩せた背の低い男だった。皺《しわ》ひとつないスーツに清潔そうなワイシャツ、地味ないろのネクタイ。生真面目を絵に描いたような外見だ。額はわずかに禿《は》げあがっているが、髪はきちんと七三に分けられている。会社帰りなのか、事務カバンを携えていた。

男は莉子を見てから、ふたたび小笠原に目を戻した。ぼそぼそという声できいてくる。

「何かあったんですか?」

「ええ。二階に忍びこもうとした人が逮捕されたんです」

「忍びこむ……。二階って、そのマンションの?」

「そうです。公務員の人が住んでる部屋らしいんですが、留守中で難を逃れたみたいで」

すると、男は口を閉ざし、無言のままマンションを見つめた。この寒さのなかで、額にじんわりと汗がにじみでている。

小笠原はきいた。「どうかしましたか?」

「いや。べつに。なんでもありません」男はびくついたようすでそう告げると、背を向けて小走りに去っていった。

小さくなっていくその後ろ姿を見送りながら、小笠原は莉子につぶやいた。「なんだろ。おかしな人だね」

莉子も首を傾げていた。「あの人の部屋……ってことはないよね。泥棒に入られたんなら、気になってすぐに帰りたくなるはずだし」

「知り合いか何かかな」小笠原は莉子に向き直った。「それにしても、きょうは刺激的な経験をさせてもらったよ」

「取材はし損ねたみたいだけど……だいじょうぶ?」

「いいんだよ。それより価値ある人と出会えたからね。これから署に行くんだろ?」

「ええ。葉山さんも報告書づくりに協力してほしいって。それに、あんなに周到にカモフラージュしてたってことは、ただの侵入盗とは思えないでしょう。どんな裏があるのか知りたいし」

「だな。一緒にいこう」小笠原はそういって歩きだした。

莉子も歩調をあわせてくる。小笠原は、その莉子の横顔をちらと見た。

自信に満ちたまなざし、控え目な性格ながら、いざというときにははっきりとものをいう。そして、ぎこちないながらも魅力的に見える、独特の笑顔。

凜田莉子は本当に変わった女性だった。こんな出会いは二度とあるまい。

だからこそ、この瞬間を貴重なものとしたい。偶然から始まる出会いに感謝したい。彼女はすでに俺の人生を変えた。自分以上に大事なものがあるような気がしてきた。こんな思いはひさしぶりだった。

自然に歩が軽くなる。心が高揚する。ふしぎな気分だった。いまを生きていながら、十代のころの思い出に浸っているかのようだ。

このとき、小笠原はまだ気づいていなかった。マンションの侵入盗の逮捕が、あまりに深刻かつ重大な問題につながることに。

莉子もむろん、同様だったろう。いまにして思えば、あれが無難な日常を過ごせた最後のときだった。いつまでもつづくと信じた平穏な日々の、掉尾《ちょうび》のときだった。

希望と絶望

これが経済の破綻《はたん》した国の末路……。

快晴の空とは対照的に、世は陰鬱《いんうつ》な空気に包まれている。

凜田莉子はぞっとする思いとともに、渋谷駅バスターミナル口に近い歩道橋の上からその惨状を眺めた。

都会の一角はまるで廃墟《はいきょ》だった。清掃をおこなう人がいない街は、これほどまでに汚くなるものか。散乱したゴミが風に舞い、さらに腐敗臭漂う範囲を広げていく。そのなかにたたずむ人々の生きざまは、まさしく無法地帯そのものだった。

ひったくりや喧嘩《けんか》はそこかしこで頻繁に起きている。バスは駐車しっぱなしで一台たりとも動かず、少年の群れがガラスを割って車内に侵入していた。すぐ近くにパトカーが停まっているが、警官たちは逃亡する中年男を追うのに忙しく、すぐ傍らで起きている犯罪にさえかまっていられないようだった。

警官が出動しているだけでも、ここの治安は守られているほうだ。全国的に警官の出勤率が低下し、組織としての体をなしていないとニュースが報じていた。

そう、テレビも特別報道番組ばかりだ。それも夜九時にはどの局も放送を終了し、あとは明朝までテロップが流されるだけだった。政府の指導により、夜間の外出は極力お控えください。緊急のニュースが入りしだいお伝えします。

ハチ公前交差点方面を眺める。ビルの壁面のジャンボビジョンやオーロラビジョンは消えている。看板にもビルにも明かりが灯っていない。往来するクルマはごくわずか、ほとんどが緊急車両だった。

またガラスが割れる音がきこえる。悲鳴、そして笑い声。諦《あきら》めの境地のようなその嘆声。

ふと不安になり、ハンドバッグから携帯電話を取りだした。波照間島の実家の番号を表示する。

いまの世のなかで、遠距離電話をかけることなど無謀に等しい。数十万、いや数百万の請求があってもおかしくない。

それでも、電話をかけなければいけない。家に帰る前に両親と連絡をとらねば。

通話ボタンを押したが、話し中を告げるツー、ツーという虚《むな》しい反応があるだけだった。再度ためしてみたが、結果は同じだった。

電話会社も機能を失いつつあるのか。メニュー画面に記載されるニュースの項目も、二日前から更新が途絶えたままだ。

そのとき、男の声がした。「お嬢さん」

莉子は顔をあげた。歩道橋の上を、巡査の制服がひとり近づいてくる。

「は、はい」莉子は応じた。「なんでしょう?」

「おひとりですか? 危ないですよ。いまは出歩かないほうがいいでしょう」

「そうですね……。でも仕方ないんです」

巡査は莉子の足もとの大きなスポーツバッグを見やった。

「遠出されるんですか」と巡査はきいた。

「そのつもりです。羽田まで行こうとしてるんですけど、電車のダイヤがめちゃくちゃで……。山手線が外回りだけ運行しているときいて、渋谷まで来てみたんです」

「ええ。たしかに電車は動いてますね。けど、さすがにJRも運賃据え置きじゃなくなったみたいです。自動切符売り場は閉鎖されてて、臨時の窓口ができてますが、ひと区間三千二百円ですよ」

「三千二百円……」莉子は愕然《がくぜん》とした。「そんなに……」

「それでも私鉄からすれば半額以下なので、窓口も三時間待ちの長蛇の列です。ほら、あそこに人の群れが見えるでしょう？　東口からずっとつづいているんです。電車の運行本数も少なく、到着も不定期です」

「だけどわたし、どうしても里帰りしないと」

「どちらに帰られるんです？」

「波照間島……」

巡査は目を丸くした。「波照間って、沖縄ですか？　無茶ですよ。羽田まで行っても飛行機が飛んでいるかどうか」

「けさのニュースでは、全日空の便だけ石垣島行きが一日一回、なんとか運航しているらしいんです。料金がいくらになるのかは、現地に行ってみないとわからないって話でした」

「ということは、多額の現金を持っていらっしゃるので？」

「はい……。上京する前に親に持たされた引き換え券があったんですけど、使えないらしいので」

「無理ですね。金券ショップが荒らされる事態が相次いだせいで、外で買った航空券は使用できなくなっています。運賃も高騰してますしね。空港で買うしかありませんが、沖縄まではいえ、いくらかかるかは……」

「ええ、覚悟してます。貯金は全額下ろしてきました。なんとか片道ぶんだけでも払えることを祈ってます」

そのとき、巡査の胸もとで無線の呼び出し音が響いた。ノイズにまみれた音声が告げる。渋谷本部より渋谷一二。

巡査はマイクに手をやり、莉子にいった。「じゃあ、充分にお気をつけください。ハンドバッグは、そのスポーツバッグにいれてしまったほうがいいですよ。お金は何か所かに分けてしまっておいてください」

「わかりました。どうもありがとうございます」

莉子が頭をさげると、巡査は小走りぎみに去っていった。

ため息をついて、また眼下の景色を見やる。

群衆が数を増しつつある。徒党を組んで駅前のビルへの侵入をはかろうとしているらしい。迎え撃つ警官隊も増員が図られている。さっきの巡査もそのなかに加わったのだろう。新聞紙が集められ、火がつけられた。街の数か所で、のろしのような煙があがっている。バットや鉄パイプを持った男たちがバイクで乗りつけ、傍若無人な振る舞いをみせる。鳴り響く警笛、パトカーのサイレン。それを圧倒するようなバイクのエンジン音……。

なにもかも、日本とは思えない光景ばかりだった。かつてのニュース映像で目にしたソマリアやコンゴ、スーダン、パレスチナ、リベリアといった国の無政府状態を彷彿とさせる。それらの国に比べれば、暴力の行使はまだ控えめかもしれない。しかし状況は、いつまでつづくかわからない。

莉子は恐怖に足がすくむのを感じた。

けれども、永遠にここに留《とど》まっているわけにはいかない。

行動しなければならない。わたしのこの旅が、世に平穏を取り戻すことに微力ながら貢献するかもしれない。その可能性がある限り、躊躇《ちゅうちょ》してはいられない。

重いスポーツバッグを持ちあげ、莉子は歩きだした。

一歩ずつ歩道橋の階段を下っていく。叫び声や怒鳴り声が間近に聞こえるようになってきた。黒煙が風に吹かれ、辺りを霧のように覆っている。

炎が視界を蜃気楼《しんきろう》のように揺るがす。枯れ葉のように無数のゴミが舞う荒れ果てた街角に、莉子は歩を進めた。

もはや意味をなさなくなったバスの発車時刻表。その支柱に、無数の肥満体の顔が連なっている。

力士シール……。

ほんの数日前までの、平和な日常に思いを馳《は》せた。雑誌記者の小笠原悠斗との出会い。

彼は親切で温厚な人だった。一緒に力士シールの謎を探索したのも、すでに遠い過去のことのように思える。

彼とふたりで、イオナ・フーズによる侵入盗の逮捕に協力した。悪事や不正を暴くことで救われる人々がいる、だから労を惜しまず全力を尽くすべきだ、そう信じた。

しかしその先に待っていた真相は、まるで予想できないことだった。平和は一夜にして崩壊し、日本は経済大国の地位も面目も失った。

この国の経済危機は、すぐに世界の金融市場を揺さぶることだろう。サブプライムローン問題やドバイショックとは比較にならないほどの株価の暴落。ひいては全世界の治安悪化につながるに違いない。

個人事業の鑑定家でしかないわたしに、できることはごくわずかしかない。

それでも前進をつづけるべきだ。わたしはいままで多くの人に支えられてきた。多くのことを学んだ。貧困にあえぐ人々は、救われねばならない。たとえ世が泥沼と化していても、一本の細い枝を握ってでも底に下り、相手が誰であろうと手を差し伸べよう。かつて大人たちが、わたしにそうしてくれたように。

ひときわ強い風が吹きつける。乱れた髪を指で掻《か》きあげて、莉子は歩きつづけた。視界を舞う火の粉も漂う煙も、いつかは消える。暗雲が払われ陽射し降り注ぐ日々はきっとくる。

わたしはそう信じる。

（「万能鑑定士Qの事件簿Ⅱ」につづく。次刊このエピソード完結）

解説

三浦天紗子（ライター・ブックカウンセラー）

博覧強記の人物が探偵役を務めるのは、シャーロック・ホームズの登場以来、ある種、ミステリーのお約束だ。

アイザック・アシモフ「黒後家蜘蛛の会シリーズ」で活躍するのは老給仕、ヘンリー・ジャクスン。レックス・スタウト「ネロ・ウルフシリーズ」では、蘭愛好家の美食家探偵ネロ・ウルフが、ジョン・ダニング『死の蔵書』ほかクリフォード・ジェーンウェイが活躍するシリーズでは、好きが高じて刑事から古書店主にまでなる古書コレクターが、ドナルド・ソボル「少年たんていブラウンシリーズ」では〝百科事典〟の異名を取るロイ・ブラウン少年が、事件を鮮やかに解決する。

日本では、京極夏彦「京極堂シリーズ」の古書店主・中禅寺秋彦や、篠田真由美「建築探偵桜井京介の事件簿シリーズ」で建築物の鑑定を謳《うた》う桜井京介、東野圭吾「探偵ガリレオシリーズ」の物理学者・湯川学、津原泰水『ルピナス探偵団の当惑』に登場する、頭脳明晰な高校生・祀島龍彦、等々。

変わり種では、ダンテの『神曲』が愛読書という黒のラブラドールが探偵役を果たすJ・F・イングラート「黒ラブ探偵名犬ランドルフシリーズ」、アンティーク椅子そのものが推理に当たる松尾由美「安楽椅子探偵アーチーシリーズ」なんていうのまで。

しかし、ざっと並べてみても、天才的な観察眼と類《たぐい》まれな洞察力を駆使して、難事件に挑む頭脳派系の女性がいない。ミス・マープル？　かの人好きのする老嬢は推理力こそ見事だが、いわゆる高い学識を頼みにしているわけではない。

ところが、ついに松岡圭祐が、該博な知識を武器に重大事件に挑むスーパー・ヒロインを登場させた。沖縄・波照間島出身の凜田莉子、二十三歳。ゆるいウェーブのロングヘア、猫のように大きくつぶらな瞳《ひとみ》、小顔と抜群のプロポーションが印象的な、「万能鑑定士Q」の看板を掲げるモデル級の美女がそれである。

〈Qシリーズ〉と銘打たれた新シリーズが、本書から幕を開ける。

物語のキックオフは、都内各所で目撃された「力士シール」をめぐる謎だ。

力士シールとは、白地に墨で描かれた和風の顔絵のシールのこと。べた塗りの七三分けの髪に眉《まゆ》の下には横線のような目、たっぷりと脂肪がついた二重あごが特徴の中年男が、無表情にこちらを向いているという図柄になっている。何年か前に銀座で確認されたのを皮切りに、少しずつ範囲が広がり、至るところで見かけるほどに増殖。シールが大抵、大通りから一本入った路地のガードレール、電柱、公衆電話、あるいは商店のシャッターや外壁などに貼られている。

力士シールのインパクトは絶大かつ無気味だが、誰が作り、何のために貼ったのか、一切がミステリー。そのシール騒ぎの背景を探るべく、調査に駆け回っているのが、雑誌記者の小笠原悠斗である。角川書店発行の週刊誌『週刊角川』に所属、利口そうなハンサムだが、ちょっとKYで頼りない社会人四年生の青年だ。

松岡圭祐はもともと、取材に裏打ちされたリアルさを土台に、エンタテイメントに徹したフィクションをスタイルとする作家だ。だがこの〈Qシリーズ〉にはかつてないほど卑近なネタが織り込まれていて、読者の好奇心や空想心を体験的に満足させてくれるものではないかと思う。

たとえば、力士シール事件は、実際に東京のいくつかのエリアで目撃され、二〇〇八年初頭ごろからインターネットで話題になったこともあるものだ。真相は現実世界でも突き止められていないが、ドイツで流行《はや》ったゲリラ・アートの流れではないかという説に落ち着いているようす。しかし、著者が本書に記したこの顚末《てんまつ》のほうが明らかに興奮させられるし、よくぞこんなフィクションに落とし込んだと感心してしまう。

また、小笠原が勤める角川書店は、多少の脚色はあるものの、社屋近辺や社内の描写はかなりリアル。関係者は苦笑するしかないかもしれない。

さて、「部数につながる新事実をつかんでこい」と編集長にハッパをかけられ、力士シールの貼られたガードレールの波板までサンプルとして入手した小笠原だが、名のあるプロには軒並み鑑定を断られ、スクープを狙う計画は早々に暗礁に乗り上げる。引き受けてくれそうな鑑定家を探すため、必死にインターネット検索していた矢先、ヒットしたのが、会社のほど近くにある凜田莉子の店だった。

小笠原が一縷《いちる》の望みをかけて訪ねたものの、店の鑑定家はうら若き女性ひとりだという。すでに店内にいた先客も、それを聞いてとまどう。先客が持ち込んだのは一枚の西洋画。「即日鑑定、万能という言葉をうのみにしたほうが馬鹿だった」と毒づきながら、しぶしぶ女性に見せた絵画は、すでに採取した有機物質に特殊なレーザー光線を当てて材料を突き止め、制作年代などを調べる「スペクトル・フォト・メタ」という鑑定技法をパスしたものだった。しかしすぐさま莉子は別のアプローチからその真贋《しんがん》を見分けてしまうのだ。

莉子の美術への造詣《ぞうけい》に圧倒された小笠原だが、そこは週刊誌記者。いじわるな考えも浮かぶ。いかに知識が広くても、万物の鑑定依頼にひとりで応《こた》えるなんて本当に可能だろうか、と。

そこで腕にしていたオメガのダイバーズウオッチを見せ、型番や機能、製造年代などを鑑定させようとするのだが、莉子は見事に品定めした時計や、彼が持ち込んだ波板をヒントに、彼の職業や入社歴、勤務先まで言い当ててしまう。彼女は審美眼や人間観察眼のみならず、行動力だって並ではない。絶句する小笠原を急き立てて、シールの貼られている現場を見に行こうと誘う積極性がその証し。本書で狂言回しを務める小笠原とともに、莉子の鮮やかな活躍が始まる。

著者が書くそうしたスーパー・ヒロインには、すでに〈千里眼シリーズ〉のクール・ビューティー、岬美由紀という颯爽《さつそう》としたカリスマがいる。元自衛隊員で、武術にも長《た》け、戦闘機や戦車まで操縦できる屈指のサバイバル能力の持ち主。その一方で、語学堪能《たんのう》、歴《れつき》としたトレーニングを積んだ有能な臨床心理士でもある。文武両道を地でいくキャラでありながら、心優しく、年ごろの女性らしい脆《もろ》さもある愛すべき二十八歳。

その岬美由紀と肩を並べるくらいのスーパー・ヒロインというのは、指名されてもなかなか荷が重いのではないかと莉子の身を案じながら読み始めたのだが、それはまったく要らぬお節介というものだった。むしろ、凡庸な男など出る幕のない岬美由紀より、博学ではあるけれど少し純粋すぎて、つまずいては立ち上がる莉子のほうが等身大の魅力を湛《たた》えていて、親近感を持つ読者もいるかもしれない。

なにせ彼女には、上京する前の高校時代、担任教師が将来を心配するほどの劣等生だった過去がある。勉強ができないというだけでなく、会話の文脈を読み取れない天然系で、明るく屈託がないだけにはらはら。就職のアテもなく東京に出るなんて水商売でもするつもりかと気を揉《も》む担任に、「水を売る商売なら、就職したい」と真顔で返す。そのうぶさ加減はトゥーマッチな気もするが、それくらいの天真爛漫《てんしんらんまん》さが確かに彼女の魅力でもある。

そんな莉子が、底知れない情報量をいかにしてものにし、誰もが舌を巻くような論理展開ができるようになったのか。知性派への変貌《へんぼう》ぶりは、『万能鑑定士Qの事件簿I』では小出しにしかされていないが、マルチな鑑識眼を有する才能の源になっているのは、IQでもなく高等教育でもなく、比類ないほどの感受性の高さだという点が心憎い。情動、つまり感情の強さ深さが記憶のメカニズムとも関係があることは脳科学の分野でも証明されているが、莉子は人一倍、そのネットワークが強いのだ。

いち早く莉子の美点に気づき、導いてくれるのが、大手リサイクルショップ、チープグッズの社長を務める瀬戸内陸。牧師になって人助けをするのが夢だった瀬戸内は、島のため、人のために尽くしたいと考える莉子の理想に、人間らしい真善美を見出《みいだ》し、自分の思いを重ねる。瀬戸内は娘の楓を可愛がるように、莉子にも親身になって手を差し伸べる。

松岡圭祐は好んで、自らの手で運命を拓《ひら》くバイタリティーや、誰もが「こうありたい」

と考えるようなまっすぐで力強いヒューマニズムの持ち主を描く。その最たる存在が本シリーズでは莉子であり、またシリーズI巻では、瀬戸内も気宇壮大なそのロマンの体現者なのだが……。ふたりの運命的な出会いは、II巻で予想外の形で幕が下りる。そう、『万能鑑定士Qの事件簿I』は、続くII巻も合わせて一つの大きなエピソードとなっていて、I巻では掬《すく》いきれない謎がたくさん散りばめられているのだ。

物語の舞台は、東京の飯田橋界隈《かいわい》、羽田、沖縄の石垣島や波照間島、『週刊角川』編集部、リサイクルショップ、不審な料理教室、牛込警察署の会議室等々。この事件は、科学分析を施したことでいっそう不可解になる。そんな矢先、莉子のもとに不動産の出物があるというニュースがもたらされるのだが、その顚末は数珠つなぎに、日本社会を悪夢的混乱へ近づけていくことに。十数ページずつのチャプターごとに、時系列が細かく前後する箇所もあるし、めまぐるしく場面展開する箇所もある。だがシーンががらりと変わっても、ビジュアライズに長けた文章はすぐさま読者をすんなり物語へ連れ戻す。

何と言っても、I巻ラストのチャプターで、ハイパーインフレが起きている近未来らしき日本の姿が活写されるのだ。その前には、一件落着かに見えたとある事件現場から、静かに立ち去った男の存在がなにやら思わせぶりに描かれ……。先が気にならないわけはないじゃないか！　稀代《きだい》のストーリーテラーの人心掌握力は、いっそう磨きがかかっている。

「公式サイトのURLが変わりました」

松岡圭祐.jp
http://www.matsuokakeisuke.jp

千里眼は松岡圭祐事務所の登録商標です。
(登録第4840890号)

莉子はハイパーインフレの謎を解き明かせるか

次回作（発売中）

万能鑑定士Qの事件簿Ⅱ

人の死なない傑作ヒューマンミステリー

大好評「Qシリーズ」既刊

万能鑑定士Qの事件簿 I

角川文庫・二〇一〇年四月

凜田莉子、23歳——瞬時に万物の真価・真贋・真相を見破る「万能鑑定士」。稀代の頭脳派ヒロインが日本を変える。書き下ろしシリーズ開始！

万能鑑定士Qの事件簿 II

角川文庫・二〇一〇年四月

従来のあらゆる鑑定をクリアした偽札が現れ、ハイパーインフレに陥ってしまった日本。凜田莉子は偽札の謎を暴き、国家の危機を救えるか!?

万能鑑定士Qの事件簿 III

角川文庫・二〇一〇年五月

有名音楽プロデューサーは詐欺師!? 借金地獄に堕ちた男は、音を利用した詐欺を繰り返していた！凜田莉子は鑑定眼と機知を尽くして挑む!!

万能鑑定士Qの事件簿 IV

角川文庫・二〇一〇年六月

貴重な映画グッズを狙った連続放火事件が発生！誰が、なぜ燃やすのか？ 臨床心理士の嵯峨敏也と、凜田莉子は知略を尽くして犯人を追う!!

万能鑑定士Qの事件簿 V

角川文庫・二〇一〇年八月

休暇を利用してフランスに飛んだ凜田莉子を出迎えたのは、高級レストランの不可解な事件だった。莉子は友のため、パリを駆け、真相を追う！

万能鑑定士Qの事件簿 VI

角川文庫・二〇一〇年一〇月

雨森華蓮。海外の警察も目を光らせる〝万能贋作者〟だ。彼女が手掛ける最新にして最大の贋作とは何か？　凜田莉子に最大のライバル現る!!

万能鑑定士Qの事件簿 VII

角川文庫・二〇一〇年一二月

純金が無価値の合金に変わる⁉　不思議な事件を追って、凜田莉子は有名ファッション誌の編集部に潜入する。マルサにも解けない謎を解け!!

万能鑑定士Qの事件簿 VIII

角川文庫・二〇一一年二月

「水不足を解決する夢の発明」を故郷が信じてしまった！　凜田莉子は発明者のいる台湾へ向かうが、誰も彼の姿を見たことがないという……。

万能鑑定士Qの事件簿 IX

角川文庫・二〇一一年四月

シリーズ1周年記念作品。見る者を惑わせる『モナ・リザ』の謎とはいったい何か？　凜田莉子に鑑定士人生、最大の好機と最大の危機が到来する!!

KEISUKE MATSUOKA
CASE FILES OF ALL-ROUND APPRAISER Q
KADOKAWA BUNKO

本書は書き下ろしです。

この物語はフィクションです。登場する個人・団体等はフィクションであり、現実とは一切関係がありません。

万能鑑定士《ばんのうかんていし》Qの事件簿《じけんぼ》 I

松岡圭祐《まつおかけいすけ》

角川文庫 16238

平成二十二年四月二十五日 初版発行
平成二十三年四月 三十 日 九版発行

発行者—井上伸一郎
発行所—株式会社角川書店
東京都千代田区富士見二—十三—三
電話・編集（〇三）三二三八—八五五五
〒一〇二—八〇七八
発売元—株式会社角川グループパブリッシング
東京都千代田区富士見二—十三—三
電話・営業（〇三）三二三八—八五二一
〒一〇二—八一七七
http://www.kadokawa.co.jp
印刷所—大日本印刷 製本所—BBC
装幀者—杉浦康平

落丁・乱丁本は角川グループ受注センター読者係にお送りください。送料は小社負担でお取り替えいたします。

定価はカバーに明記してあります。

ま 26-310 ISBN978-4-04-383642-0 C0193

角川文庫発刊に際して

角川源義

　第二次世界大戦の敗北は、軍事力の敗北であった以上に、私たちの若い文化力の敗退であった。私たちの文化が戦争に対して如何に無力であり、単なるあだ花に過ぎなかったかを、私たちは身を以て体験し痛感した。西洋近代文化の摂取にとって、明治以後八十年の歳月は決して短かすぎたとは言えない。にもかかわらず、近代文化の伝統を確立し、自由な批判と柔軟な良識に富む文化層として自らを形成することに私たちは失敗して来た。そしてこれは、各層への文化の普及滲透を任務とする出版人の責任でもあった。
　一九四五年以来、私たちは再び振出しに戻り、第一歩から踏み出すことを余儀なくされた。これは大きな不幸ではあるが、反面、これまでの混沌・未熟・歪曲の中にあった我が国の文化に秩序と確たる基礎を齎らすためには絶好の機会でもある。角川書店は、このような祖国の文化的危機にあたり、微力をも顧みず再建の礎石たるべき抱負と決意とをもって出発したが、ここに創立以来の念願を果すべく角川文庫を発刊する。これまで刊行されたあらゆる全集叢書文庫類の長所と短所とを検討し、古今東西の不朽の典籍を、良心的編集のもとに、廉価に、そして書架にふさわしい美本として、多くのひとびとに提供しようとする。しかし私たちは徒らに百科全書的な知識のジレッタントを作ることを目的とせず、あくまで祖国の文化に秩序と再建への道を示し、この文庫を角川書店の栄ある事業として、今後永久に継続発展せしめ、学芸と教養との殿堂として大成せんことを期したい。多くの読書子の愛情ある忠言と支持とによって、この希望と抱負とを完遂せしめられんことを願う。

一九四九年五月三日

角川文庫ベストセラー

千里眼 The Start　松岡圭祐

累計四百万部を超える超人気シリーズがまったく新しくなって登場。日本最強のヒロイン、臨床心理士岬美由紀の活躍をリアルに描く書き下ろし！

千里眼 ファントム・クォーター　松岡圭祐

拉致された岬美由紀が気付くとそこは幻影の地区と呼ばれる奇妙な街角だった。極秘に開発される見えない繊維を巡る争いを描く書き下ろし第2弾。

千里眼の水晶体　松岡圭祐

高温でなければ活性化しないはずの旧日本軍の生物化学兵器が気候温暖化により暴れ出した！ ワクチンは入手できるのか？ 書き下ろし第3弾！

千里眼 ミッドタウンタワーの迷宮　松岡圭祐

東京ミッドタウンに秘められた罠に岬美由紀が挑む。国家の命運を賭けて挑むカードゲーム、迫真の心理戦、そして生涯最大のピンチの行方は?!

千里眼の教室　松岡圭祐

時限式爆発物を追う美由紀が辿り着いた高校独立国とは？ いじめや自殺、社会格差など日本の問題点を抉る異色の社会派エンターテインメント！

千里眼 堕天使のメモリー　松岡圭祐

メフィスト・コンサルティングの仕掛ける人工地震が震度7となり都心を襲う。彼らの真の目的は？帰ってきた「水晶体」の女との対決の行方は？

千里眼 美由紀の正体 上　松岡圭祐

民間人を暴行した国家機密調査員に対する岬美由紀の暴力制裁に、周囲は困惑する。嵯峨敏也が気づいた、美由紀のある一定の暴力傾向とは……?!

角川文庫ベストセラー

千里眼 完全版
クラシックシリーズ1
松岡圭祐
度重なるテロ行為で日本を震撼させるカルト教団と、岬美由紀の息詰まる戦いを描く千里眼シリーズの原点が、大幅な改稿で生まれ変わった！

千里眼 ミドリの猿 完全版
クラシックシリーズ2
松岡圭祐
岬美由紀の行動が原因で中国との全面戦争突入が迫る。公安に追われながらメフィスト・コンサルティングに立ち向かう美由紀を大胆な改稿で描く。

千里眼 運命の暗示 完全版
クラシックシリーズ3
松岡圭祐
反日感情の高まる中国へ拉致された岬美由紀、嵯峨敏也と蒲生警部。開戦へと駆り立てるメフィストのコントロールを断つことはできるのか?!

千里眼の復讐
クラシックシリーズ4
松岡圭祐
書き下ろしによってストーリーは急展開！ 都心の地下で繰り広げられる壮絶なデスゲームを描くクラシックシリーズの転換点となる超話題作！

千里眼の瞳 完全版
クラシックシリーズ5
松岡圭祐
北朝鮮の支配者の息子が偽装旅券使用で身柄を拘束され、同行女性の発言が波紋を呼ぶ。かつてのミグ迎撃と拉致事件との二転三転する結末とは？

千里眼 マジシャンの少女 完全版
クラシックシリーズ6
松岡圭祐
お台場に建設された巨大カジノのオープニングセレモニー会場が武装集団に占拠された。彼らの真の目的に岬美由紀、里見沙希、嵯峨敏也が挑む！

千里眼の死角 完全版
クラシックシリーズ7
松岡圭祐
世界各地で頻発する人体発火現象。バッキンガム宮殿からペンタゴンへ。岬美由紀が人類の歴史を根底から覆す戦慄のプロジェクトに立ち向かう。

角川文庫ベストセラー

クラシックシリーズ8
ヘーメラーの千里眼
完全版 上
松岡圭祐
航空自衛隊の演習中に重大な過失事故を起こしたパイロット・伊吹直哉の精神鑑定のため、防衛省はかつての恋人でもある岬美由紀を呼び戻すが…。

クラシックシリーズ8
ヘーメラーの千里眼
完全版 下
松岡圭祐
伊吹との関係を軸に美由紀の防衛大学校時代の青春を瑞々しい筆致で描き、シリーズ最高傑作との呼び声高い、愛と戦争のテーマに挑んだ感動巨編。

クラシックシリーズ9
千里眼トランス・オブ・ウォー
完全版 上
松岡圭祐
イラクで日本人が人質にされた！ 人質のPTSDを考慮した政府は岬美由紀を派遣するが、武装勢力に囚われてしまう。美由紀、最大の危機！

クラシックシリーズ9
千里眼トランス・オブ・ウォー
完全版 下
松岡圭祐
アメリカは闇の関係を隠すため、武装勢力の壊滅を企んでいた。謀略の渦中で、美由紀は人を戦わせる「トランス・オブ・ウォー」を解けるのか!?

クラシックシリーズ10
千里眼とニュアージュ
完全版 上
松岡圭祐
〝48〟番目の都道府県、萩原。巨大IT企業が作りあげた最高の福祉都市に潜む利権と陰謀の渦！ 美由紀と一ノ瀬恵梨香、運命の出会いを描く！

クラシックシリーズ10
千里眼とニュアージュ
完全版 下
松岡圭祐
ダビデまで参入する巨額の埋蔵金をめぐる熾烈な利権争い。その果てに、美由紀が地下200メートルで見た〝真実〟とは!? シリーズ第10弾！

クラシックシリーズ11
千里眼 ブラッドタイプ
完全版
松岡圭祐
血液型性格判断からB型への差別が拡大、白血病の女性が骨髄移植を拒否した。彼女を救え!! 美由紀、嵯峨、恵梨香。三大キャラクター競演!!

角川文庫ベストセラー